D1604057

Siete horas para enamorarte

Siete horas para enamorarte

Giampaolo Morelli

Traducción de Elena Martínez

Rocaeditorial

Título original: *Sette ore x farti innamorare*

© Giampaolo Morelli, 2012

Primera edición: marzo de 2013
Segunda edición: abril de 2013

© de la traducción: Elena Martínez
© de esta edición: Roca Editorial de Libros, S. L.
Av. Marquès de l'Argentera, 17, pral.
08003 Barcelona
info@rocaeditorial.com
www.rocaeditorial.com

Impreso por LIBERDÚPLEX, S.L.U.
Crta. BV-2249, km 7,4, Pol. Ind. Torrentfondo
Sant Llorenç d'Hortons (Barcelona)

ISBN: 978-84-9918-568-2
Depósito legal: B-33.734-2012
Código IBIC: FA

Para Carolina de la clase 4.º B.
Yo te amaba pero tú ni siquiera me mirabas.

Las técnicas de seducción que se presentan en esta novela son todas auténticas y funcionan.

1

— *Y* luego cerramos con un artículo sobre el convenio de recompra y el plan de readquisición de acciones de *L'Espresso*, Piaggio y Benetton. Paolo, te encargas tú. Esta noche te vas a Milán. Te he concertado una cita con los consejeros delegados. Bien, buen trabajo para todos. Nos vemos mañana.

Las manecillas del gran reloj Philippe Starck negro y plateado colgado en la pared marcan las 17.00 cuando Alfonso Costa, el jefe de redacción de la sección de economía de *Il Mattino di Napoli*, da por concluida la última reunión del día.

Los redactores vuelven a sus puestos. Solo Paolo, un chico de unos treinta y cinco años, con chaqueta, corbata y la raya del pelo a un lado, ligeramente ondulado sobre la sien, sigue dentro.

Alfonso está de pie, mirando dos grandes nubes grises y amenazadoras a través del ventanal que se asoma a la calle Partenope.

Abajo, en la calle, al otro lado de los gruesos cristales, el tráfico de coches fluye silencioso y, más allá, las gaviotas rozan las olas del mar lívido del golfo. La mirada de Alfonso, perdida más allá de la línea del horizonte, se detiene en un barco de vela que rompe veloz la superficie del agua encrespada.

—Perdona, Alfonso... —dice Paolo con un hilo de voz a espaldas de su jefe.

—¿Te gustan los barcos de vela?

El chico arruga la frente y empieza a responder:

—No lo sé, no he navegado nunca en ninguno.

—Pero ¿qué clase de napolitano eres? Tienes que probarlo. Es una sensación magnífica. Es algo que te atrapa, Paolo.

Alfonso se vuelve para mirarle. Lleva el traje azul de costumbre, sin corbata. La camisa blanca y el pelo canoso resaltan su bronceado, que no se le va ni siquiera en invierno.

—Me imagino —dice Paolo bajando la mirada.

—Además, perdóname, ¿adónde te llevas a las tías? Estás viviendo con tu novia. ¿Qué pasa, que ya no quieres follar?

—¿Cómo…? —Paolo levanta las cejas—. Oye, me alegro de que me hayas encargado el artículo, pero esta tarde tengo el curso prematrimonial. Es la tercera vez que falto, Giorgia…

—Haces bien en casarte, Paolo; en el trabajo te va muy bien… Además, Giorgia es una buena chica, guapa e inteligente. Un hombre necesita un punto de referencia.

Paolo esboza una sonrisa de compromiso.

Alfonso, serio, le mira fijamente.

—¿Cuánto tiempo hace que no follas, Paolo?

El chico abre los ojos de par en par y se seca las palmas de las manos sudadas en la tela del pantalón gris.

—¿Qué quieres decir? No lo sé. En estos días, Giorgia…

—Pero qué Giorgia ni Giorgia, Paolo. ¡¿Desde cuándo no follas?! ¿Cuánto tiempo hace que estás con Giorgia?

—Tres años.

—Eso no es follar. Eso es rutina, Paolo. Eso es obligación. ¿Desde cuándo no follas? ¡Con deseo, con pasión!

Paolo abre la boca y busca una respuesta que no le sale.

—¡Con otra, Paolo! —insiste Alfonso, impaciente.

—Pues… desde que estoy con Giorgia, nunca, Alfonso —responde; su mirada vaga por las paredes blancas de la habitación.

—Hazme caso, Paolo. Yo estoy casado desde hace cinco años. Consíguete un buen barco de vela, te va a ir bien. Además, las tías se ponen mucho más cachondas cuando tú eres el capitán.

—Sí... —dice Paolo con un hilo de voz.

—Paolo, eres el mejor redactor que tengo. Es un artículo importante. Tienes que ir a Milán. Creo que, por esta vez, te puedes saltar el curso. No pasa nada. Estoy seguro de que Giorgia lo entenderá. Quizás un día tú serás el capitán aquí dentro.

Paolo traga saliva.

—Está bien, Alfonso. Me marcho esta noche —contesta, y con la mano baja el picaporte de la puerta.

—Cómprate un barco de vela, Paolo. Hazme caso, te irá bien. —Su jefe vuelve a mirar al mar—. Yo ya no tengo el mío y tengo que hacer grandes equilibrios.

Paolo asiente con la cabeza y deja la sala de reuniones.

2

*P*aolo se mete en el ascensor, pulsa la B en el panel de teclas blancas y suspira aflojándose el nudo de la corbata de rayas. Mira pensativo el techo de la cabina. Cuando las puertas están cerrándose, un mocasín marca Tod's, deformado por los laterales, consigue introducirse frente a la célula fotoeléctrica justo en el último momento: es el pie gordo de Ciro Iovine, el becario. Las puertas vuelven a abrirse y Paolo resopla.

—Eh, Paolo, *tstoy llaando* —farfulla él, tratando de tragar un enorme bocado de un milhojas.

—¿Qué?

Ciro, usando toda la saliva que consiguen producir sus glándulas bajo la lengua, engulle el pastel de crema y merengue casi entero.

—Te estaba llamando, ¿no me has oído? Yo también me marcho —afirma, y se mete en la boca la otra mitad del milhojas.

—No te he oído —responde Paolo, cortante.

—¡Mira esto! —anuncia con mirada chispeante, y planta bajo la nariz de Paolo un ejemplar de *Il Mattino* abierto por la página diecinueve—. Melissa Satta ha estado bailando toda la noche en Chez Moi con un futbolista del Nápoles.

—Muy bien. Un buen artículo —responde Paolo, pasando la mirada por encima del periódico. Observa la luz del panel, que pasa lentamente del cuarto al tercer piso, para intentar acabar con esa conversación.

—No te burles. ¿Buen artículo?

Paolo se sorprende. Ciro suele alegrarse con cada una de las frases que logra publicar con su firma.

—Venga, hombre. No está mal —dice, y le da una palmada en el hombro.

—¡Es una bomba, Paolo! —explota Ciro—. ¡En este momento, Melissa Satta está muy mal vista! —Mira la columna sonriendo; luego, de repente, se pone serio—. Esa gilipollas no me concedió la entrevista, pero me aposté cerca del reservado y la pillé besándose con Cavani. Pero ¿sabes lo mejor, Paolo? —exclama.

—No, Ciro. ¿Qué es lo mejor? —Paolo mira el reloj.

—Que esta tía acaba de declarar en la revista *Chi*: ¡«Basta ya de futbolistas»! ¿Te das cuenta del escándalo, Paolo?

—Vaya si me doy cuenta. Una auténtica primicia. Muy bien, muy bien. —Se gira hacia las puertas, aún cerradas.

—Si me hubiera concedido la entrevista, igual ahora me encargaban un artículo para la página nacional. Llevo ya un año haciendo solo los «breves» locales. Pero, bueno, se están dando cuenta de que Ciro Iovine vale lo suyo —dice, y asiente hacia la página, como si el periódico fuera una prueba de su ansiado ascenso—. Es solo cuestión de tiempo.

—Claro.

Por fin el ascensor llega a la planta baja, las puertas se abren y la cabina se llena de aire nuevo. Paolo respira profundamente y se lanza hacia fuera. Ciro le sigue.

—Dentro de poco tenemos el Capri Hollywood. ¿Sabes quién viene este año a hacer de madrina, Paolo?

—No.

—¡Britney Spears! Ojalá consiga una entrevista en exclusiva. Sería todo un puntazo.

—Pues sí, ojalá, Ciro —responde Paolo sin darse la vuelta.

—Además, ahí hay siempre un montón de invitados de nivel. Podría llevarme a casa bastantes entrevistas. Pero, claro, ya sé que también este año nos mandarán a Caprara como enviado.

Paolo empuja la gran puerta de cristal del vestíbulo y sale al exterior, que está mojado. Atraviesa la calle por el paso de cebra de la calle Chiatamone, atento a los coches que llegan veloces desde el túnel de la calle Vittoria. Aunque los días ya se están alargando, la luz de los antiguos faroles, colgados en las bóvedas de los pórticos de piedra gris de la calle Domenico Morelli, ilumina su paso. Paolo camina por delante sacudiendo la cabeza; Ciro va detrás dando saltitos, pegado a sus talones.

—¿Qué vas a hacer esta noche, Paolo? ¿Te apetece que nos tomemos una pizza?

Paolo lanza una mirada hacia atrás.

—Me encantaría, Ciro, pero tengo que irme a Milán.

—Ah, será para algo importante, ¿eh? Estás en alza, Paolo. Se dice por todas partes. Muy pronto ocuparás el puesto de Alfonso.

—No sé, ya se verá —le responde, incómodo—. Perdóname, Ciro, pero tengo prisa. El vuelo es dentro de nada y tengo que decirle a Giorgia que esta noche me salto otra vez el curso prematrimonial.

—Te haces el modesto. Ya lo saben todos. Alfonso ascenderá y a ti te harán jefe de redacción. ¡Bien por Paolo! —exclama; le da un golpecito en las partes bajas y se ríe.

Paolo se aparta sin sonreír.

—La boda, la promoción, ¡estás en alza, Paolo! —De nuevo Ciro intenta darle un toque en las pelotas, pero Paolo se inclina protegiéndose con las manos.

—Vale. Adiós, Ciro. Me voy —se despide, encaminándose hacia el garaje, bordeando un charco de puntillas.

—Adiós, Paoluzzo. Cuídate. Yo voy a tomarme un *brioche* en el bar.

3

*P*aolo aparca su Fiat Punto Star del 99, verde Stelvio metalizado, en el garaje de la calle Tasso, bajo su casa; abre el portal, entra en el ascensor y cierra primero la reja metálica y luego las puertas de madera. Pulsa el siete, el último piso, y se mira en el espejo; se palpa las bolsas bajo los ojos y se atusa el pelo por los lados: parece cansado.

Cuando el ascensor llega al piso, saca del bolsillo la llave larga y abre la puerta.

—¿Amor? —Giorgia a esa hora está ya en casa.

—Hola —responde ella desde la otra habitación.

Paolo deja las llaves en la bandeja de cerámica que hay sobre el aparador Marcel Breuer, coge de una excéntrica silla de metal Gio Tirotto la chaqueta arrugada de Giorgia y la cuelga en el perchero.

Ella se asoma a la entrada, bellísima, como siempre. Paolo sonríe al ver que lleva el traje gris que le regaló en Navidad. Resalta su piel clara y su cuerpo alto y delgado.

Paolo va enseguida a abrazarla y sumerge su cara, por un momento, en el cabello rubio ceniza de Giorgia.

—Hola, amor.

—Hola —dice ella besándole al vuelo—. Acabo de llegar.

—Te he colgado la chaqueta.

—¿He vuelto a hacerlo?

—Sí —contesta, y la reprueba con el índice levantado.

—Perdona, mi amor.

—Yo creo que lo haces a propósito. El perchero es el

único objeto de esta casa que nos regaló mi madre y que no has elegido tú.

—No es verdad —dice ella abriendo de par en par sus grandes ojos verdes de gata—. Es que soy desordenada. Por eso me caso contigo... —Le da un beso en los labios—. Tú pones orden.

—Y con orden se vive mejor —añade él quitándose la chaqueta.

Giorgia hace intención de marcharse, pero Paolo la agarra de un brazo y la atrae hacia él.

—¿Te casas conmigo solo por eso?

Ella sonríe de nuevo y se pone frente a él, de puntillas, mirándole a los ojos.

—No, también porque eres mi tontorrón.

Le desordena el pelo por la nuca y le da otro beso en los labios. Paolo sigue atrayéndola hacia él.

—¿Y...?

Giorgia vuelve a ponerse de puntillas.

—Y... también porque estamos de acuerdo en todo y tenemos los mismos gustos. —Otro piquito.

—Excepto en el perchero de mi madre —añade él, sarcástico—. Esta noche Milán —suelta Paolo de un tirón, y resopla.

—¿Otra vez? Ya van dos días en una semana.

—Lo siento.

—Teníamos el curso.

—Ya lo sé.

—Tu jefe la ha cogido contigo. Dime la verdad, ¡le has hecho algo! —Con una media sonrisa le pellizca la mejilla.

—Es que soy bueno.

—¿No te estarás volviendo demasiado bueno? —le pregunta ella, que regresa a la habitación para quitarse los zapatos bajos y ponerse las grandes zapatillas de felpa.

Paolo se arrastra hasta el salón, enciende la lámpara Fabien Bumas, se tira en el sofá circular Cappellini, saca el ordenador portátil de la bolsa y se lo pone sobre las piernas.

—Don Antonio se enfadará —dice ella desde el dormitorio—. Es la tercera vez que faltamos —añade.

Saca la maleta del armario y antes de que llegue a apoyarla en la cama oye a Paolo desde la otra habitación:

—Sobre la cama no, mi amor. Ten cuidado, está sucia.

Giorgia dirige la mirada al techo, levanta la maleta y la pone sobre el puf que hay junto a la cómoda.

—No serán excusas para librarte del curso prematrimonial, ¿no? Ya empiezo a sospechar.

Paolo abre la página de YouTube.

—¿Eh, Paolo?

Él pincha su vídeo preferido: un gag de *Saturday Night Live* en el que Jim Carrey baila *What is love?*

—Es que para Alfonso es importante que algunos artículos los haga yo. Tengo la impresión de que flota por el aire un ascenso.

—¿Qué camisa, la blanca o la azul? —pregunta Giorgia.

—Mejor las dos, nunca se sabe. ¿Te imaginas lo mal que se va a sentir Davide Russo? ¿Sabes quién es su mujer? Elena Di Vaio, la subdirectora del periódico. Él está convencido de tener el ascenso en el bolsillo. Es solo un enchufado.

—¿Vas a usar el traje que llevas puesto o te pongo otro más? —dice, y mientras tanto ya está sacando del armario un traje gris y metiéndolo en el portatrajes de viaje.

—Sí, me llevo también otro, el gris de Ferragamo que me regalaste.

Paolo empieza a reír a carcajadas: un Jim Carrey desenfrenado y esquizofrénico baila dando violentos golpes de pelvis a una chica en una discoteca.

—Te he puesto también el pijama y las zapatillas.

—Mi amor, tienes que verlo. Te partes de risa. —Paolo se ríe con ganas.

—Y también las tiritas nasales para respirar por la noche —dice, y entra con la maleta en la mano.

Paolo sigue divirtiéndose.

—Apaga eso. Lo has visto más de cien veces. ¿Cómo es posible que siga haciéndote reír?

—Me relaja. Es buenísimo.

—No, solo es un desgraciado que se restriega contra una chica. No es nada divertido.

Paolo apaga y cierra el ordenador.
—¿A qué hora tienes el vuelo?
—El último. A las nueve.
—Pues tienes que salir ya.
—Sí, si quiero llegar con tiempo.
Con un gesto seco, Giorgia levanta el asa de la maleta.

4

Noventa minutos antes de la salida del vuelo, Paolo deja el Punto en el aparcamiento del aeropuerto de Capodichino, en el sitio acostumbrado, bajo la farola en la tercera fila.

—Buen viaje, señor —le despide el vigilante desde la garita.

—Hasta la vista —responde él levantando apenas la mirada.

Lleva su maleta hacia la entrada de los vuelos nacionales. Calcula la velocidad de sus pasos y el tiempo de reacción de la célula fotoeléctrica: las puertas de cristal se le abren a un centímetro de la cara, un instante antes de estampar su nariz en ellas.

Los elegantes zapatos crujen sobre el linóleo gris y se dirige directamente al control de embarque. Se palpa el bolsillo interior para asegurarse de que lleva la tarjeta. Ha hecho ya el *check-in* desde la oficina, a través de Internet.

Apaga enseguida el móvil y lo coloca en la bandeja junto a las monedas; se quita el cinturón y pasa bajo el detector de metales. «Buenas tardes», le dice a la chica de guardia, que, como siempre, no le responde ni le mira.

Llega a su puerta, A-7, y se sienta a esperar en una silla de hierro cuadrangular y fría, esa que está algo apartada, la misma de la semana anterior.

El trabajo va bien, e incluso hay un ascenso de categoría a la vista. Giorgia le ama y se van a casar pronto. Un año, y empezarán a tener niños; «tres por lo menos», piensa siempre.

Saca el portátil de la bolsa y se conecta a Internet con un módem USB. Mira unos cuantos correos de trabajo y comprueba nuevamente los horarios para las entrevistas del día siguiente: la primera es a las nueve de la mañana con el consejero de *L'Espresso*, luego se pasará por la redacción de Milán para saludar a sus colegas y escribir el primer artículo, comerá con el consejero delegado de Piaggio y, por último, a las cuatro de la tarde, hará algunas preguntas al consejero de Benetton. Calcula que conseguirá marcharse de Milán hacia las seis de la tarde.

Desenrolla el cable cuidadosamente anudado, se pone los pequeños auriculares en los oídos y abre de nuevo la página de YouTube. En cuanto Jim Carrey empieza a desatarse con las primeras notas de *What is Love?*, a Paolo se le escapa una carcajada que rompe el silencio de la pequeña sala de espera. Todos le miran.

Una voz femenina anuncia el vuelo para Milán por los altavoces. Él apaga de inmediato el ordenador y vuelve a meterlo en la bolsa. Se levanta y se pone en la fila, frente a la puerta de embarque.

Cuando llega su turno le da la tarjeta de embarque y el carné a la azafata.

—Lo siento, señor. No sé si vamos a poder embarcarle; tenemos *overbooking* —le dice ella levantando los hombros.

—¿Cómo que *overbooking*? —A Paolo se le salen los ojos de las órbitas.

—Lo siento, señor, pero debe esperar un instante y comprobaremos si alguien no se ha presentado. Si me hace el favor, póngase a un lado y deje pasar a las personas que tienen su tarjeta de embarque.

—Es que hoy hay huelga de trenes —le dice un tipo que está detrás de él en la fila.

—Pero ¿qué dice? Mire, tengo la tarjeta de embarque —dice Paolo con voz chillona.

La azafata sigue cortando los billetes de los otros viajeros que van pasando por delante.

—Lo siento, señor, pero eso no es una tarjeta de embarque.

—¿Cómo que no?

—¿Ha hecho usted el *check-in* por Internet, verdad? —se entromete el señor que sigue parado detrás de él.

—Claro —le responde Paolo con tono seguro.

—Claro, yo también —asiente el otro, con cara de resignación, y le enseña a Paolo una hoja arrugada como un signo de hermandad.

Paolo consigue leer el número del asiento, 6D, justo antes de sentir un escalofrío.

—Lo siento, señor, pero el *check-in* en línea no sirve como tarjeta de embarque —sentencia la azafata apretando los labios.

—Pero ¿cómo es posible? —Paolo sacude la cabeza como si estuviera apartando una mosca.

—La señorita lleva razón. No sirve como tarjeta de embarque —asevera 6D.

Paolo no le considera.

—Perdone, ¿qué está diciendo? El *check-in* en línea, a todos los efectos, vale como tarjeta de embarque.

—No, no vale —se sigue entrometiendo 6D.

Paolo le reprueba con una mirada irascible y le da la espalda. Se acerca a la azafata.

—Oiga, quizás usted no sabe quién soy yo.

—Señor, se lo ruego. Deje pasar a las otras personas —le recrimina ella.

—Deje pasar —insiste 6D.

—¡Por favor! Ocúpese de sus asuntos. —Paolo se da cuenta de que ha levantado la voz. Suspira y se dirige a la azafata—. Escuche, usted no sabe quién soy yo —insiste, agitado—. Soy un periodista de *Il Mattino*.

La azafata sigue cortando las tarjetas de embarque de los otros pasajeros y, sin mirarle, le hace un gesto con la mano para que se ponga a un lado.

Paolo se aparta ligeramente, pero trata de mantenerse en el radio de visión de la chica que va de verde guisante.

—De la sección de economía —añade con tono serio, asintiendo una vez.

El ruido del corte de papel con cadencia regular parece marcar la distancia cada vez mayor entre él y su asiento en el avión.

—No creo que les haga mucha gracia una publicidad negativa —amenaza murmurando.

—Ya estamos. El típico señorito de «Usted no sabe quién soy yo». ¡Venga ya, hombre! —6D abre los brazos y sonríe a los demás pasajeros de la fila.

Paolo le mira, incrédulo.

La azafata, al verle dudar, apoya una mano en el hombro de Paolo.

—Señor, créame, de verdad que no sé qué hacer. Le repito que, por desgracia, tenemos *overbooking*.

—¡No ha entendido usted absolutamente nada! —Paolo se da cuenta de que su voz se está rompiendo—. Quiero hablar con su superior, yo so…

—«Un periodista del *Mattino*», ya lo hemos oído —se burla 6D—. Pero si la señorita le está diciendo amablemente que estamos en *overbuk*, ¿que quiere que haga la pobre?

—Se lo agradezco, señor, pero parece que aquí hay alguien que no quiere enterarse —apunta ella mostrando una sonrisa vacía.

Paolo mira a su alrededor buscando a algún pasajero que le apoye. Entonces 6D le pone una mano en el antebrazo, estrechándoselo ligeramente.

—Cállese, por favor —le dice en voz baja—. Déjeme a mí, está usted liándolo todo. Estos no nos dejan volar hoy ni en broma.

—¿Qué quiere decir? —Paolo le mira como si 6D le hubiera hablado en chino.

—A propósito de eso, señorita —prosigue 6D, guiñándole el ojo a Paolo de forma casi imperceptible—, en vista del trastorno que nos han causado, no por su culpa, desde luego, sino por el *overbuk*, según el reglamento de 1998 dictado por la Unión Europea, tenemos derecho a tres llamadas telefónicas gratuitas y al alojamiento de esta noche en el hotel de ahí enfrente, con los correspondientes cena y desayuno.

—Por supuesto, señor. Enseguida nos encargaremos de todo —asiente ella mientras sigue alargando la mano para retirar el documento de otro pasajero de la fila.

—¿Ha visto? —dice 6D acercándose al oído de Paolo—. Yo hago esto cada vez que hay huelga de trenes. Conviene, a fin de cuentas. Nos dan un hotel magnífico, el Hilton de ahí enfrente, donde le puedo asegurar que se come estupendamente (mejor que en casa), donde las habitaciones son suites muy chulas, las camas son comodísimas (mejor que en casa); mañana, un desayuno opíparo en el que hay de todo, huevos de todas clases, duros, rotos, mermeladas, cruasanes, todo lo que quiera… Créame, ¡ni en sueños me tomo yo un desayuno así en casa! Luego, hago mis tres llamadas gratuitas y hablo con mis parientes de Australia, que hace siglos que no sé nada de ellos, y, al final, me voy a mi casa.

Paolo mira fijamente a aquel tipo, incapaz de decir nada. Niega poco a poco con la cabeza.

—Pero… ¿entonces? ¿Usted no quiere viajar?

—Nooo. Pero ¿qué viaje? Cada vez que hay huelga de trenes me tomo un día libre de mi mujer. ¿Sabe cuál es ahora el problema? Los sindicatos: se han hecho muy fuertes. Antes a los trabajadores se les trataba como basura, como tiene que ser, y ellos hacían huelgas continuamente, pero ahora… —Paolo se queda con la boca abierta. 6D le estrecha una mano y se le acerca al oído—. Ya he quedado con Amalia, una chica brasileña de veintidós años. Tiene un culo…. Créame, solo le falta hacer que hable. Si quiere, luego se la presento. Le hace usted un regalito, y ella tan contenta.

Paolo se libera de la mano de aquel tipo y empieza a gritar, señalando a 6D.

—Pero ¿se dan ustedes cuenta? ¡Este señor ni siquiera tiene que viajar! Escuche, yo tengo que marcharme. ¡Quiero hablar con su superior!

—Cállese, por favor. —6D intenta calmarle.

—¿Qué ocurre, señor? —Un vigilante se presenta en la zona de embarque.

—Escuche, soy periodista de *Il Mattino*. Tengo derecho a viajar a Milán.

25

—El señor no tiene tarjeta de embarque y pretende subir al avión —explica la azafata sacudiendo la cabeza.

—No quiere entender que hay *overbuk* —añade 6D.

—¡Usted se calla, que no es más que un estafador y un pervertido!

6D se da golpecitos con el índice en la sien buscando la mirada del vigilante.

—Me parece a mí que este tío está loco, antes estaba ahí sentado riéndose solo.

—Es verdad, se estaba riendo solo —añade otro pasajero justo antes de cruzar la puerta, arrastrando una maleta Louis Vuitton.

—¡¿Cómo que solo?! ¡Estaba viendo a Jim Carrey bailando *What is Love?*!

El vigilante le estudia con la boca ligeramente abierta y la mirada fija.

—¿Lo ha visto? ¿Cuando Jim Carrey baila dando golpes de pelvis? —Paolo hace la imitación, contoneándose contra 6D.

—Por favor, señor, sígame. —El guardia pone una mano de gorila en el codo de Paolo y trata de alejarle del mostrador.

—¡Déjeme! ¡Mañana voy a escribir un artículo a toda página sobre cómo tratan a los clientes!

El vigilante le mira como si él fuera una maestra de jardín de infancia y Paolo un niño que se ha empeñado en que quiere un yogur de fresa.

—Sí, sí claro. Pero ahora sígame —dice, y le empuja hacia el detector de metales.

—¡Déjeme! ¡Pero ¿qué se ha creído?! ¡Es usted un imbécil! —Paolo empieza a mover el brazo como un molino de viento, tratando de liberarse.

De repente lo ve todo negro, y luego muchas figuras de colores, como las de un caleidoscopio. Está tirado en el suelo. Siente que el ojo derecho le late con fuerza, como si tuviera vida propia. Apenas logra entender si el puñetazo se lo ha propinado el guardia o él mismo.

5

Paolo saca la maleta del portaequipajes y, con el ojo ya morado e hinchado, entra casi arrastrándose por el portal de su casa. Al llegar al rellano tarda tres minutos en lograr meter la llave en la cerradura. Por fin suena un clic y empuja la pesada puerta blindada con el hombro.

En ese momento, Giorgia sale desnuda del baño con una toalla mojada en la mano. Cuando lo ve parado en la entrada, da un salto hacia atrás y suelta un grito ahogado.

—¿Qué haces aquí, Paolo? Tenías que ir a Milán —pregunta en voz baja.

—He tenido un accidente —Paolo suspira.

—Pero ¿qué te ha pasado? —sigue preguntando, sacudiendo la cabeza ligeramente.

—No es nada, tranquila. —Paolo le sonríe mientras deja la maleta cerca del perchero, con cuidado de que no toque la pared.

—¡Ay, Dios! Pero ¿qué has hecho, tontorrón? —Giorgia sigue como un palo frente a él mientras la toalla a lo largo de la pierna gotea sobre el suelo de mármol.

—Tranquila, mi amor. —Da un paso hacia ella mientras con el rabillo del ojo advierte el pequeño charco que se está formando en el suelo.

Giorgia da dos pasos atrás.

—¿Qué has hecho, Paolo…?

—¿Te has asustado, mi amor? Es solo un ojo morado —dice, y se acerca para tranquilizarla y dejarle ver de cerca su cara.

—¡Giorgia, date prisa con esa toalla. Se está escurriendo por todas partes! Pero ¿cómo se te ha ocurrido escupírmelo en el ombligo? ¡Ni que fueras una adolescente! —dice una voz de hombre desde el dormitorio.

Paolo abre de par en par el ojo sano.

—¡¿Quién está ahí, Giorgia?! —La aparta con la mano abriéndose paso para ir a la otra habitación. Se asoma y se le cierra la garganta.

—Tontorrón, ¿qué has hecho? No tendrías que estar aquí esta noche —repite ella, en trance.

Incluso antes de enfocar la escena que se le está presentando delante de sus ojos, Paolo siente una tenaza que se le estrecha en la boca de su estómago; tiene ganas de vomitar: Alfonso Costa, su jefe, está completamente desnudo y sudoroso en su cama, con las manos haciendo cuchara, sobre las caderas, para detener el líquido blanco.

—¡Qué cojones! —dice Costa levantándose de un salto y perdiendo completamente la consideración por las sábanas celestes de Paolo—. Tontorrón, ¿qué haces aquí? ¿No deberías estar en Milán?

Paolo, petrificado, no dice una palabra. Luego se da la vuelta y mira a Giorgia, que permanece inmóvil en el centro del pasillo.

—¿Le has dicho también que me llamas «tontorrón»?

Ella no responde y empieza a llorar.

—No la cagues, Paolo —dice Alfonso, mirando a su alrededor—. Esto es una gilipollez. Las tías son así, no te cabrees. Nosotros somos amigos, Paolo. ¿Sabes cuántas veces me ha pasado a mí? —Empieza a ponerse los pantalones—. Pero esto no debe estropear nuestra relación. ¿Lo entiendes, Paolo? Son gilipolleces.

Paolo le mira fijamente con la boca abierta, los brazos cruzados.

Alfonso, asustado por esa inmovilidad, se pone agresivo, y le apunta con el índice.

—Hazme caso, Paolo; no la cagues ni te cabrees. ¡¡En estos momentos se hacen muchas tonterías y luego te arrepientes durante el resto de tu vida!!

Paolo está inmóvil, como si el cerebro no lograra asimilar lo que ven sus ojos.

—¡Por amor de Dios, ¿qué le vas a hacer!? Paolo, no hagas ninguna tontería. ¡¡¡Somos amigos!!! —le suplica Alfonso sacudiéndole los hombros con las manos—. ¡¡Razona, tontorrón!!

Paolo sacude lentamente la cabeza, pero, antes de conseguir liberar el brazo derecho por segunda vez en esa noche, primero lo ve todo negro y luego las imágenes surgen como en un caleidoscopio. Vuelve a encontrarse en el suelo. El ojo izquierdo le late como si tuviera vida propia.

*P*aolo recorre el pasillo y cruza la puerta del despacho. Tiene dos cercos negros alrededor de los párpados, como un panda, pero ya casi no siente el dolor de los ojos. Es el del estómago el que persiste: agudo y continuo como una úlcera.

En la redacción de *Il Mattino* hay una inmovilidad insólita. Todos los colegas de Paolo están con las caras pegadas a las pantallas planas de los ordenadores. Un silencio desacostumbrado le acompaña hasta el despacho de Alfonso. Abre la puerta sin llamar y le deja una carta sobre la mesa.

—Dimito.

Alfonso le analiza, apoyado en el respaldo de su negro sillón presidencial, con las piernas abiertas bajo la mesa y una ligera sonrisa burlona en los labios. Paolo sale del despacho dejando la puerta abierta. Nadie le mira mientras se dirige a su mesa.

La noticia ha debido de correr ya por todo el periódico. Empieza a recoger sus cosas: cuadernos llenos de apuntes, libros de economía, bolígrafos y carpetas; lo apila todo bajo el antebrazo izquierdo.

—No entiendo por qué en Italia no tenemos esas cajas de cartón que se ven en las películas norteamericanas cuando uno se despide. Deben de hacerlas a propósito. ¡Cajas para despedidos!

Por fortuna, el ordenador es del periódico. Lo mira un instante antes de despegar de la pantalla un pequeño muñeco rosa con forma de cerdito. Se miran a los ojos. Era un amuleto que le regaló Giorgia su primer día de trabajo.

—*¡Crunch, crunch!* —Un gruñido se oye por detrás de la mampara separadora de una de las mesas—. ¡Soy tu cerdita! —dice una voz en falsete, y toda la oficina estalla en una carcajada, rompiendo la tensión del ambiente.

Paolo se da la vuelta dirigiendo su mirada a la mesa del fondo. Sabe perfectamente quién ha sido: Davide Russo. Es el colega que quiere su puesto. Estruja el cerdito, luego decide ignorarlo. Tira el muñeco a la papelera. Coge la última carpeta, que lleva el título de «Artículos para Pulitzer», y un libro, *Historia del periodismo italiano: de las gacetas a Internet*, y se dirige a la salida.

Davide Russo le despide desde el fondo de la sala con el índice y el meñique levantados, agitando los cuernos al aire alegremente como si fuera un saludo sincero.

—Hasta luego, tontorrón.

Sus ya excolegas estallan de nuevo en una sonora carcajada.

Paolo se queda clavado. Se quedan todos mudos, conteniendo la respiración. Él, sin embargo, sigue caminando hacia la salida sin darse la vuelta. En el rellano, con el montón de papeles, libros y bolígrafos que lleva, tiene que llamar al ascensor presionando el pulsador con el codo. Las puertas se abren y entra. Trata de dar de nuevo con el codo a la B, pero una carpeta llena de documentos se le escurre del brazo y para detenerla la aplasta con la rodilla contra la pared de acero. Se queda inmóvil unos segundos, pero luego, al tratar de colocarse, se le acaban cayendo todas las cosas al suelo.

—Espera, te ayudo. Yo también bajo —dice Ciro, que le alcanza desde el fondo del pasillo con un bollo en la mano; se lo mete en la boca entero, aplastándoselo con los dedos y se inclina a recoger los documentos.

Paolo resopla mientras se cierran las puertas de hierro.

—No te enfades, Paolo. Esos son una panda de imbéciles. A mí siempre me toman el pelo, ¡pero ya se darán cuenta de lo que vale Ciro Iovine!

Paolo no tiene fuerzas ni para contestarle. Una vez está fuera, lanza todas las cosas sobre el asiento del acompañante de su Fiat Punto Star.

—¿Sabes cuántas veces he pensado en marcharme de este asqueroso periódico? Aquí no nos valoran, Paolo. Tu jefe es un cretino. No sabe a quién ha perdido al hacer lo que ha hecho. Y el mío también se dará cuenta.

Paolo le pone a Ciro una mano en el hombro y resopla.

—¿Sabes lo que voy a echar de menos de este periódico? La discreción. —Da la vuelta al coche y abre la puerta del conductor.

—¿Te apetece un café, Paolino? ¿Vamos a tomar algo? Yo también estoy nervioso. Comamos algo y verás como nos serenamos, fíate de tu amigo.

Paolo, exhausto, estalla.

—Ciro, ¿no puedes dejar de comer? ¿Qué es lo que te pasa, tienes la solitaria? ¿Por qué estás nervioso tú? Deja de compararte conmigo, ¿vale, Ciro? Además, tú y yo no somos amigos. Yo no tengo amigos. El último que dijo que era mi amigo fue Alfonso. Estoy solo, ya no tengo nada; estoy sencillamente destruido, devastado, acabado. ¿Te enteras?

Ciro le mira, atónito.

*E*n una mesa del bar Miranapoli, situado en la calle Petrarca, un camarero mayor y bigotudo está sirviendo dos capuchinos, un milhojas, un *babà* de ron y una *zeppola* frita de San Giuseppe, dos postres típicos en Nápoles.

—Este es el único sitio de la ciudad en el que hacen la *zeppola* de San Giuseppe. Tienes que probarla, Paolo.

—No me apetece, Ciro. —Mira fijamente la silueta del Vesubio, que se vislumbra a lo lejos.

—¿De verdad no quieres comer nada?

Paolo niega con la cabeza. El camarero deja la cuenta en la mesa y permanece a la espera. Hay un ambiente cargado y el aire se pega a la piel como una muda. Las gaviotas acarician las olas en la bahía; parece que también ellas buscan un bocado.

Ciro sacrifica en primer lugar el *babà* de ron, decapitándolo de un solo mordisco. Paolo, por el contrario, sigue mirando el paisaje que se abre más allá de la barandilla de hierro: los ferris que van y vienen de Ischia y Capri le hipnotizan. La plaza de San Luigi llena de palmeras y parterres, justo bajo sus pies, parece casi llamarle. El mar está encrespado e inquieto, tal como se siente él por dentro.

—Son trece con cincuenta —anuncia el camarero, mientras finge ordenar los dos platitos vacíos en la bandeja que tiene apoyada en la mano.

—Perdóname, Paolo. Me he dejado el dinero en la chaqueta, en la oficina —se excusa Ciro levantando los hombros.

Paolo se inclina hacia delante para sacar la cartera del bolsillo de detrás del pantalón. Deja veinte euros en la mesa.

—¿No tienen monedas? Es que no tengo cambio. —El camarero se encoge de hombros.

Paolo niega con la cabeza, serio. Ciro interviene mientras engulle el último mordisco de *babà*:

—Está bien, quédese el cambio de propina.

El camarero hace una pequeña reverencia y vuelve a la barra. Paolo mira intensamente a Ciro como uno que acaba de darse cuenta de que ha invitado a comer a Moby Dick.

—Debes estar tranquilo, Paolo. Verás como todo se arregla. En el fondo, ¿cuál es el problema? ¿El trabajo? Ahora mismo empezamos a mandar tu currículo a todas los periódicos y vas a ver como enseguida consigues otro empleo. —Ciro se queda pensativo mientras engulle el *babà*—. Bueno…, enseguida… Hay que dar tiempo a que reciban tu currículo, tiempo para que te respondan, tiempo para que hagas alguna entrevista y te cojan. Harán falta unos seis meses, Paolo —concluye, y se lanza al milhojas.

Paolo le mira mientras la pasta cruje entre los dientes de Ciro. Caen pequeños trozos de hojaldre de sus labios. Suspira y se desliza aún más en la silla, con la cabeza hundida entre los hombros. Vuelve a mirar al mar.

—De todos modos, ¿cuál es el problema, Paolo? ¿Giorgia? Pues nada, no será nada. En cuanto se te pase el enfado ya verás como la perdonas. En el fondo, ¿quién no se equivoca? Yo una vez me encontré a mi chica en la cama con un amigo mío. Luego, la perdoné.

Paolo se gira rápido como un golpe de látigo para mirar a Ciro y pregunta, conteniendo la respiración:

—¿Sigues con ella?

Ciro se pasa una servilleta por la boca y niega con la cabeza.

—No. —Toma un sorbo del capuchino—. Está con mi amigo. Hace cinco años que estoy solo.

—¿Lo ves? Es inútil.

—Vale, Paolo. Cálmate. Pero ¿a ti qué te importa que ahora Alfonso y Giorgia estén juntos?

—¿Cómo? ¿Es que están juntos? ¿Qué es lo que sabes de eso? —le pregunta, y su voz se rompe. Aprieta las manos en dos puños.

—Lo saben todos. Esta mañana Giorgia incluso le ha acompañado al trabajo.

Paolo se desinfla como un globo de chicle agujereado. Se cubre los ojos con las manos y sacude la cabeza.

—Pero ¿qué pasa? ¿Crees que a nosotros ahora nos van a faltar las tías, Paolo? ¿Sabes cuántas puedes encontrar como Giorgia? Guapas, inteligentes, cultas, de buena familia. ¿Sabes cuántas hay, Paolo? —Muerde la *zeppola* de San Giuseppe, haciendo desbordar la crema por los lados de la pasta—. Qué increíble; tienes que probar esto, Paolo. Por favor, dale un mordisco —le suplica con la boca llena y los labios cubiertos de guinda hasta la nariz.

Ciro se da la vuelta para ofrecérsela, pero Paolo parece haberse desvanecido en la nada.

—¿Paolo? ¿Paolo?

Se asoma a la barandilla de hierro y le ve: está inmóvil, cabeza abajo, en el habitáculo de un Smart Cabrio aparcado en la plaza de San Luigi, diez metros más abajo.

—¡¡Ay, Virgen Santa!! ¡Paolo! ¡Paoloooo! —Se mete el resto de la *zeppola* en la boca y corre hacia la barra para pedir ayuda.

35

*E*n el hospital, en una habitación revestida de linóleo celeste, Paolo está tumbado en la cama con los brazos y las piernas escayolados, mirando al techo.

Se pregunta cómo ha podido ocurrir todo eso; cómo es posible que su vida haya quedado destruida de esa manera, que no se haya dado cuenta de nada; cómo es posible que jamás sospechara nada. Creía tener toda una serie de proyectos de futuro con Giorgia y, sin embargo, lo único que había hecho era construirse un castillo de naipes que se ha derrumbado de un soplido. ¿Cómo ha llegado a ese gesto extremo? Entró en un túnel y no consiguió ver la salida, engullido por esa oscuridad que le atenazaba el esternón y no le dejaba respirar. Si no hubiera estado allí ese maldito Smart que le salvó la vida, ahora sería libre, piensa. Y ahora le toca vivir y, de alguna manera, volver a empezar. Desde cero. Sí, pero ¿hacia dónde? ¿Para hacer qué? ¿Qué futuro tiene?

Ciro se asoma a la puerta con una bandeja granate de la pastelería Scaturchio en una mano, unos zumos de melocotón en la otra, un periódico bajo el brazo y una gran sonrisa en la cara.

—¡Hoy es el gran día, nos quitan las escayolas!

Paolo no dice nada. Con cara seria trata de incorporarse un poco, empujándose con la pelvis, haciendo palanca con las poleas.

—Espera, te ayudo. —Ciro mira a su alrededor buscando un lugar en el que apoyar sus regalos, pero Paolo le interrumpe.

—No, Ciro, no me toques. Estoy bien así.

Su amigo se encoge de hombros y alarga la bandeja hacia Paolo.

—Mira, te he traído milhojas de Scaturchio, de nata y de crema.

—No me gustan los pasteles, Ciro. —Paolo suspira y vuelve la cabeza hacia la ventana.

—Bueno, vale. Te los pongo aquí. Igual más tarde te apetecen. —Los deja en la mesita de formica verde agua.

—Perdone, joven —dice, desde la cama de al lado, un anciano, delgado y desdentado, que se incorpora mirando a Ciro—, si el señor no quiere comérselos, no los tire, que es una pena. Ya me los como yo.

—Se los dejo aquí entonces. —Ciro se los pone en la mesita de noche.

—Aquí tienes el periódico, Paolo. —Le coloca un ejemplar de *Il Mattino* entre los dedos, que sobresalen de la escayola.

Paolo lo coge con dificultad, lo mira un segundo y, cuando lee la cabecera, aprieta los dientes y siente una punzada de dolor en el estómago.

—Pero ¿tú eres tonto, Ciro? ¿Qué me das? ¿Quieres matarme del todo? No puedo leer ese periódico, ni siquiera puedo mirarlo. Tráeme un tebeo, el *Hola*, el catálogo de Ikea, ¡pero no me traigas esa mierda de periódico! —Abre los dedos y lo deja caer al suelo.

—No lo había pensado, perdona. —Ciro se encoge de hombros.

—Joven —se entromete de nuevo el tipo de al lado—, si el señor no puede leer el periódico, no lo tire, es una pena. Ya lo leo yo.

Ciro recoge el periódico del suelo y se lo pasa al anciano.

—Tenga.

—Joven, páseme también los zumos. No creo que el señor se los vaya a beber.

Ciro se los pone en la mano.

—Gracias. —Con una sonrisa de niño, el anciano agujerea con la pajita de plástico el cartón del zumo, apoya las encías en el otro extremo y absorbe el dulce jugo.

37

—Pero, Paolo, tienes que estar contento; hoy sales. ¿Te enteras? Tienes que estar feliz. Si no llegas a caer en el techo de lona de ese Smart, ahora no estarías aquí. La verdad, ¡no entiendo todavía cómo se te pudo ocurrir hacer semejante locura!

Paolo sigue mirando el techo.

—Pero ahora ya no tienes que pensar en el pasado. Empieza una nueva vida llena de cosas. ¿Has oído, Paolo? Una vida plena.

9

*P*aolo, me parece que te han cortado la luz. —Ciro, ro- deando con un brazo el marco de la puerta, pulsa varias veces el interruptor.

La puerta blindada se abre lentamente. Paolo, empu- jándose en una silla de ruedas, regresa a casa. Las persia- nas están bajadas y entra poca luz.

—Ciro, hazme un favor. Levanta un poco las persianas y abre las ventanas, que corra algo de aire. —Un montón de cartas esparcidas por el suelo bloquea la entrada.

—Pero ¿qué hacen aquí todas estas cartas?

—El portero ha dicho que ya no cabían en el buzón y las ha metido cada día por debajo de la puerta. ¡Qué bar- baridad! —exclama Ciro distraídamente mientras mira a su alrededor—. Vaya, Paolo, tienes una casa magnífica. ¡La decoración es una pasada!

—Como los plazos que tengo que pagar todavía —reso- pla su amigo mientras intenta recoger algún sobre del suelo.

—En cualquier caso, tienes buen gusto. Muy bueno. —Ciro va asintiendo con la cabeza mientras pasa revista a todos los muebles.

—Yo no he elegido nada. —Los dedos de Paolo rozan las cartas del suelo, sin lograr cogerlas.

—Este sofá es precioso. —Ciro se derrumba en el sofá circular Cappellini.

—Ese era el mueble preferido de Giorgia. ¿Lo estás ha- ciendo a propósito? ¿Quieres hacerme sufrir? ¿Tengo que salir fuera, al balcón, Ciro?

Consigue atrapar un montoncito de cartas y se las pone sobre las piernas.

—Vamos a la cocina, por favor.

Ciro se levanta con un gruñido y empuja a su amigo hacia la otra habitación.

—¿Preparo un café? —Ciro abre un armario buscando la cafetera.

—Aún no puedo tomar café, estoy hasta arriba de medicamentos —dice, con la mano sobre la barriga.

—Vale, preparo uno para mí. —Gira el mando de la cocina para encender la llama—. Me parece que también te han cortado el gas, Paolo.

Paolo le mira con desaliento y suspira.

—Bueno, entonces comeré algo. ¿Tienes galletas?

—No lo sé, Ciro. Hace tres meses que no paso por aquí. Mira a ver si Giorgia ha dejado algo.

Ciro empieza a rebuscar por los armarios mientras él lee los remites de los primeros sobres.

—El recibo de la luz, el recibo del gas, la comunidad… ¿Y esto qué es?

—Ah, esas deben de ser las respuestas de los periódicos a los que envié tu currículo. Solo tendrás la duda de cual elegir.

Paolo recoge todo el montoncito de cartas, le da unos golpes sobre la mesa para alinearlo y se lo coloca delante. Coge el primer sobre.

—He encontrado estas galletas: unos abrazos de Mulino Bianco. Crema y chocolate. ¿Quieres un abrazo, Paolo?

—Ciro, hazme el favor. No quiero ni siquiera un apretón de manos.

—¡Uy! ¡La que han liado las mariposìtas! —Saca un bollo del paquete, aparta con los dedos un par de esos pequeños insectos, sopla y le da un mordisco a la parte del chocolate.

Paolo le mira haciendo una mueca de asco, luego vuelve al membrete de la carta.

—*Economía y Finanzas.* ¿Lo abro?

—Claro, Paolo, ábrelo; mira a ver cuánto te ofrecen.

—«Lo sentimos, pero está usted demasiado cualificado para el trabajo que podemos ofrecerle.»

Ciro engulle también la parte de crema.

Paolo coge el segundo sobre.

—*Finanzas Hoy*. ¿Abro?

—Venga, Paolo, esa es la buena.

—«Lo sentimos, pero está usted demasiado cualificado para el perfil que buscamos.»

Coge la tercera.

—*Finanzas Mañana*. ¿Abro? Ciro, no digas nada. ¡La abro! —Paolo abre la carta—. «Lo sentimos, pero nuestra plantilla está cubierta.»

Después de unos veinte «lo sentimos» y cuando Ciro ya solo les ha dejado las migas del paquete a las mariposas, Paolo se siente completamente abatido. Queda solo una carta. La coge y lee el membrete.

—¿*Macho Man*? —La abre—. «Estaríamos interesados en concertar una cita con usted para una entrevista». —Mira a Ciro—. Pero ¿qué es esto de *Macho Man*, una revista pornográfica gay?

—No, qué dices, revista pornográfica; tranquilízate. Es un pequeño semanario de actualidad para el que hice algún artículo antes de entrar en *Il Mattino*. Pensé que estaría bien mandarles el currículo también a ellos.

—¿Un pequeño semanario?

—Sí, pero están creciendo, Paolo. Son buenos, créeme.

—Y según tú, ¿ahora he de ponerme a escribir para un pequeño semanario de actualidad que está creciendo? Pero ¿te has vuelto completamente loco, Ciro?

Paolo empieza a notarse la garganta seca.

—Hazme el favor, pásame un vaso de agua.

Ciro coge un vaso del armario que hay sobre el fregadero y abre el grifo del agua fría.

—Me parece que también te han cortado el agua, Paolo. Necesitas un trabajo.

10

*E*n un edificio histórico de la calle Mergellina, en el número 135, Paolo, con un traje azul, camisa blanca, corbata de Marinella y la raya del pelo a la izquierda, entra en el portal.

—¿*Macho Man*? —pregunta al portero de uniforme con cierto desasosiego.

—Escalera A, primer piso —responde mientras introduce las cartas en los buzones.

Paolo atraviesa un patio lleno de balcones y ropa tendida, y coge la escalera de la izquierda. Aunque todavía no se ha recuperado totalmente del accidente, prefiere subir a pie. Llama al timbre de una puerta en la que resalta una placa dorada con la inscripción «Macho Man». Segundos después se oye el ruido del pestillo accionado mecánicamente. Empuja y entra con timidez.

—Dígame —le suelta una chica de pelo rubio oxigenado desde detrás de un mostrador alto.

—Buenos días, soy Paolo De Martino, tengo una cita.

—Un momento. —La chica rubia repasa un gran registro, luego coge el teléfono y pulsa una tecla—. Jefe, ha llegado el señor Di Martino.

—De Martino —le apunta Paolo, pero ella ni le oye.

—Por favor, la última habitación al fondo. El señor Dell'Orefice le está esperando.

—Gracias —responde, y se encamina por el largo pasillo cubierto de moqueta azul.

Llama a la puerta y abre despacio.

—Entra, por favor. —Un tipo elegante, de unos sesenta

años y con ademanes afeminados, el pelo corto y gris y gafas con montura de carey, le recibe—. Te estaba esperando, querido. Siéntate.

—Gracias.

Paolo da unos pasos hasta el gran escritorio de diseño y se acomoda en una suave silla de nailon negro. En las paredes hay varias portadas de *Macho Man* enmarcadas con los títulos bien a la vista: «Cómo conseguir que digan basta en la cama», «La tableta no es difícil, ¡abdominales perfectos en quince días!», «Las comidas napolitanas que las volverán locas (y no es el *babà* de tu madre)».

—Bueno, querido, he visto que tienes una buena experiencia a tus espaldas. Además, Ciro Iovine me ha dicho que estás en apuros. ¿Cómo está Ciro?

—Está bien.

—Qué buen chico es. Un tesoro, de verdad.

—Cierto. —Paolo se aclara la voz y estudia una pequeña arruga de su pantalón.

—Mira, a nosotros nos iría muy bien iniciar nuestra colaboración de inmediato. ¿Has tenido oportunidad de leer nuestra revista?

—No, todavía no —responde Paolo, que se encoge en la silla.

—Vamos a ver, en dos palabras: nuestra revista va dirigida al universo masculino, tocando todos los campos. Lógicamente, empezamos con una tirada muy baja, pero después de cinco años nos estamos convirtiendo en una realidad muy importante en la región de Campania, e incluso en un ámbito nacional. ¡Este año hemos llegado a treinta mil ejemplares!

—Ah, muy bien —dice Paolo sonriendo con los dientes apretados.

—Yo espero grandes cosas de ti. Si, además, ese cielo de Ciro dice que eres bueno, no hay duda de que lo eres.

Paolo empieza a resoplar, pero luego transforma ese gesto en una pequeña risotada de cortesía.

—Oiga…

—Pero, por favor, tutéame. Aquí todos nos tuteamos. Yo soy Enrico.

—Ah, gracias. Pero... ¿yo de qué me ocuparía exactamente, economía, finanzas, bolsa?

—¡Eso es querido! ¡Tú te encargarás de «bolsas»! —le dice con intención. Paolo no entiende nada—. ¿Sabes cuántos hombres se hacen hoy algún *lifting* de las bolsas de los ojos? No te lo puedes ni imaginar, querido. —Paolo traga saliva—. Nosotros nos ocupamos de la actualidad, y de eso es de lo que te vas a ocupar. Ahora te voy a presentar a uno de nuestros redactores, muy profesional, que te aclarará un poco las cosas. —Se pone de pie y, con pasos de bailarina, se asoma a la puerta—. ¡Faaaabian! ¡Ven un momento, que te presento a una personaaaa! —Vuelve a sentarse—. Los artículos de Fabian están gustando muchísimo. Lo sabemos porque son los más pinchados en Internet.

Pocos segundos después, un muchachote alto y musculoso, con cola de caballo y una camiseta de cuello de pico tan amplio que le llega casi al ombligo, vaqueros rotos, botas camperas de punta, collares, cadenas y cadenitas que ni la estatua de san Gennaro cuando sale en procesión, se planta en la puerta.

—Fabian, te presento a nuestro amigo Paolo. Infórmale tú sobre la reunión de la próxima semana.

—Soy Fabian. —Le tiende la mano como en las películas de Hollywood. Paolo se incorpora un poco de la silla e, incómodo, se la estrecha. El tipo le atrae con fuerza y le da una sonora palmada en el hombro—. No sueñes con ganarme. Mis artículos son los más pinchados —le dice con una media sonrisa.

—Sí, claro, justo en este momento me lo estaba contando el señor Dell'Orefice.

—No, por favor, ¡llámame Enrico, tesoro mío!

—Claro...

—A propósito, Enrico —prosigue Fabian—, estoy acabando «¡Abdominales perfectos en diez días!». ¡Mira esto! —Se levanta la camiseta mostrando la tableta—. Toca —dice dirigiéndose a Paolo, que, sudando por las sienes, saca tímidamente el índice y da dos toquecitos al abdomen de Fabian.

—Qué barbaridad —afirma con una sonrisa forzada.

11

Paolo, desganado, empieza a trabajar ese mismo día.

«Adiós, gimnasio» (los títulos no los elige él, sino Enrico en persona). El primer artículo va dedicado en exclusiva a un entrenador, Alessandro Zirpoli, que ha creado un método de entrenamiento casero, explosivo y muy eficaz, basado en un mixto de superseries y ejercicios de cardio alternados y que garantizan excelentes resultados y músculos que crecen ya desde el primer mes. Entre otras cosas le confiesa que ese método ha sido creado por los presos de Poggioreale que se entrenan con pocos medios y en espacios pequeños.

«El vello en el HOMBRE»: al día siguiente, entrevista a una esteticista, Adele. Tiene un centro de bienestar y solárium en la calle Chiaia; le hace un cuadro completo sobre el cambio de costumbres y acerca de la depilación del hombre.

«¿Qué me pongo?»: es el momento de Gustavo, un vendedor personal que le lleva a los mejores *outlets* y le enseña la ropa más *cool*.

«Las dos dimensiones que importan, el tiempo y el espacio»: dos entrevistas diferentes. La primera a un sexólogo que trata de explicar de qué factor puede depender la eyaculación precoz y cómo combatirla (pensar en el examen de ingreso en la universidad o en la difunta abuela son los mejores métodos). La segunda es a un cirujano urólogo que practica el alargamiento de pene; las intervenciones pueden ser de dos tipos: 1) aplicando un exten-

45

sor que mantiene los tejidos en constante tracción, pero que no puede dar grandes resultados —como mucho cinco milímetros—; 2) la incisión del ligamento suspensorio del pene, que permite, en condición de reposo, un alargamiento de dos a cuatro centímetros.

—Y por último, existe también la posibilidad de un aumento del volumen del pene con la técnica del *lipofilling* —le dice el doctor, sentado detrás de su escritorio.

—Es decir... —interviene Paolo al otro lado.

—Se extrae tejido adiposo de los muslos o de los glúteos del paciente y se injerta en el pene.

Paolo hace una mueca de rechazo.

—Usted, en la práctica, obtiene esto. —El profesor pulsa la tecla de un mando; a sus espaldas aparece la diapositiva de un tipo con los muslos como varillas, prácticamente sin nalgas, pero con un pito enorme—. El único problema es que hay una reabsorción del treinta y cinco por ciento de la grasa. Por ejemplo, este paciente ha tenido que repetir la intervención cinco veces.

Paolo le mira horrorizado.

«Se parte pero no se arruga»: la última entrevista de la semana es con Enzo, un conocido peluquero de hombres, napolitano, que ha abierto una gran peluquería en los barrios españoles. Ha descubierto una fórmula mágica:

—Por desgracia, existe esa ley absurda que nos obliga a llevar casco en la moto y nos desatusa el pelo. Entonces yo he *pgroyectado* un gel que es una mezcla de cera, espuma y brillantina que es *superresistent*. ¿Tú llevas casco? Pues te lo quitas y el peinado queda tal cual; no se mueve un pelo, vamos. El pelo, como mucho, se parte, ¡pero no se arruga!

46

12

—¡¿*Q*ué chulo esto, eh, Paolo?!

Ciro grita y a la vez aspira, a través de la pajita y con avidez, su densa bebida: una *caipiroska* con doble dosis de azúcar de caña.

Paolo se hace el sordo y da un largo sorbo a su *gin-tonic*.

Atardece y están sentados a una mesa del Arenile di Bagnoli, un elegante club con una gran pradera verde a la orilla del mar, rodeado de antorchas de bambú. Frente a ellos se perfila la espléndida isla de Nisida, verde y salvaje. La larga franja de tierra que la une a la costa está iluminada por faroles que se reflejan en el mar oscuro, trazando estelas de luz desenfocada.

Ciro lleva unos pantalones color caqui y una camisa blanca, está eufórico y gesticula más de lo debido. Paolo, con su habitual traje, esta vez sin corbata, permanece mustio y pensativo.

El disc-jockey dispara *I Follow Rivers*, de Lykke Li, en una nueva edición de The Magician.

—Ahora llegarán esas dos amigas, Paolino. Ya verás qué bien lo pasas esta noche. Una quiere ser cantante; al enterarse de que soy periodista de espectáculos, ¡se ha vuelto loca! —exclama, y se mete en la boca un puñado de avellanas.

La pista está llena de chicas ya bronceadas y el aire es fresco. Justo cuando Lykke grita «*I follow you baby...*», Ciro se pone en pie de un salto y empieza a saludar con todo el brazo.

—¡Aquí están, Paolo!

Las dos chicas con las que ha quedado avanzan abriéndose paso entre la gente, con cuidado de no golpear con los bolsos las cabezas de las personas que están sentadas en las mesas. Con cada gesto amplio, la barriga de Ciro se mueve bajo la camisa como una gelatina.

Las dos chicas le ven y le saludan mientras van hacia él. Ciro vuelve a sentarse.

—¿Has visto cómo son, Paolo?

Una es morena, más alta, y lleva un vestido azul que le resalta los pechos; la otra es rubita, más bajita y mona. Lleva una camiseta blanca, una falda larga beis y zapatos con cuña de corcho.

—¿Te importa si me quedo con la morena, Paolo? Es la que quiere ser cantante.

—Faltaría más, Ciro. —Paolo deja la copa en la mesa y se levanta para presentarse—. Encantado, Paolo.

—Hola, yo soy Manù —se presenta la morena alta—. Y ella es Chiara. —Se dan la mano.

—¡Ah! ¡No nos crucemos! —dice Ciro cargado de entusiasmo.

—Sentaos, chicas. ¿Qué queréis tomar?

—Yo, un B52 —responde Manù.

—Vale, yo también —añade Chiara.

—Entonces, dos B52. Pero ¿esto qué es, el juego de los barquitos? Ja, ja, ja —dice Ciro riéndose de su propio chiste—. ¡Tocado y hundido! —Se lleva una mano al corazón—. Ja, ja, ja.

Manù y Chiara esbozan una sonrisa indecisa. Paolo ni se inmuta; por el contrario, trata de desviar la atención de ese momento embarazoso dirigiéndose a la rubita.

—¿Y tú a qué te dedicas?

—Soy secretaria en un bufete de abogados en Vomero —responde ella.

—Vaya —dice Paolo fingiendo interés.

—Sí, el despacho Nardone, de la calle Piscicelli. ¿Lo conoces?

—No, lo siento.

—Bueno, lo decía por decir. ¿Y tú que haces?

48

—Soy periodista —responde Paolo arrugando un poco la frente y temiendo ya la siguiente pregunta.

—¿De qué?

Ahí está.

—Escribe para *Macho Man* —interviene Ciro.

Paolo mira al suelo.

—¿Y qué es, una revista pornográfica gay? —interviene Manù.

—¡Qué va! ¿No conocéis *Macho Man*, chicas? —prosigue Ciro.

—No lo hemos oído nunca.

—Es una revista de actualidad para hombres.

—Ah, tipo *For Men*. Y esa otra..., ¿cómo se llama?... ¿*Men's Health*? —pregunta Manù.

—Exacto, solo que en pequeño —aclara Ciro.

—Ah —dicen las dos, desilusionadas.

—Sí, pero, en realidad, yo soy un periodista especializado en temas económicos. En concreto a lo que se suele llamar el campo de la «utilidad» —especifica Paolo.

—Ah, ya —dice Chiara con disimulado aburrimiento.

Quizá por la música alta o tal vez por la falta de temas de interés, la conversación cae miserablemente en el vacío. Entonces, Ciro, tras unos instantes de silencio, se levanta.

—No viene el camarero, así que vamos nosotros a la barra a por vuestras bebidas, chicas. Acompáñame, Paolo —dice, y se mete en la boca otro puñado de avellanas.

—Gracias —dicen las dos chicas casi al mismo tiempo.

Paolo, que se levanta para seguir a su amigo, cree entrever cierto alivio en las caras de sus acompañantes.

13

Ciro y Paolo se ponen en la fila de la caja y pagan las dos copas.

—Pero ¿dónde has conocido a esas, Ciro?

—Son dos amigas. Las vi en Chez Moi cuando escribí el artículo sobre Melissa Satta. Me dijeron que los viernes venían aquí a tomar una copa.

Siguen acercándose a la barra.

—Pero entonces no son dos amigas. Ni siquiera habías quedado.

—No, o sea, era una cita a medias, Paolo. —Ciro se adelanta con la cuenta en la mano para que el camarero, que está sirviendo a todo el mundo menos a ellos, le vea.

—En cualquier caso, estate tranquilo, Paolo. Nos está saliendo muy bien. ¿Has visto qué mona es la tuya? Chiaretta. Es una muñequita.

—A mí no me parece que nos esté saliendo tan bien la cosa, Ciro.

Al fin el camarero coge el ticket.

—¡Dos B52!

—Buah, ¿un B52? ¡Eso se llevaba en los noventa! —dice el camarero en voz alta.

Un par de chicas que están sentadas allí cerca se echan a reír.

Ciro y Paolo se quedan estupefactos.

—Vale, ¿con llama? —pregunta entonces el camarero.

—No lo sé —le responde Ciro, que no tiene respuesta para esa pregunta.

—Paolo, ve a preguntar a las chicas si lo quieren con llama.

El camarero le detiene.

—¿Son para dos chicas? Entonces con llama, a las chicas les chifla la llama.

Ciro le da un codazo cómplice a Paolo.

—Entonces incendia esos dos B52, ja, ja, ja.

El camarero coge dos copas grandes y tres vasitos de licor, pone primero el Kahlúa, luego deja resbalar lentamente el Baileys por el dorso de una cucharita para no mezclarlo con el licor de café, y por último añade un poco de Grand Marnier.

—Chicas, prestadme un mechero —dice a las dos que se habían reído.

La más guapa saca un Bic de color naranja de su bolsito de tela con pedrería.

—¡Vaya mechero! —exclama al cogerlo. La chica le sonríe—. Es para cagarse —continúa—, mi abuela tiene uno idéntico.

Las dos estallan en una sonora carcajada. La guapa se retoca el pelo, ruborizada.

—Efectivamente, se lo he robado a ella —dice con una sonrisa.

El camarero prende los cinco vasos y pone las dos copas grandes en manos de Paolo y Ciro.

—Aquí tenéis chicos, que os divirtáis. —Luego pasa dos vasitos a las chicas; el otro es para él—. Estos son para nosotros, ¡por mis nuevas amiguitas!

Brindan, inclinan hacia atrás la cabeza y se beben de un trago el líquido inflamado. Luego dejan ruidosamente los vasitos vacíos en la barra y, con los ojos llenos de lágrimas, se echan a reír.

Paolo y Ciro se miran un instante, ponen una mano delante de la llama para protegerla y se dirigen hacia la mesa esquivando a la gente que baila.

51

14

Cuando Ciro y Paolo llegan con los dos B52 en la mano aún encendidos, Manù está escuchando embobada a un tipo que gesticula y lleva un vistoso sombrero de vaquero en la cabeza; Chiara, por el contrario, habla animadamente con otro chico que está despatarrado en una silla.

La música está muy alta. Ciro y Paolo, parados a unos pasos de la mesa, no consiguen oír lo que están diciendo.

Las llamitas de las copas se apagan.

Las dos chicas estallan en una risotada. El tipo que está hablando con Manù se quita el sombrero vaquero y se lo pone a ella en la cabeza, luego saca el móvil y empieza a hacer fotos. Manù se divierte posando como modelo, y él, abrazándola desde atrás, empieza a fotografiarse junto a ella: una foto con sonrisa, una con la cara enfadada, al final una con un beso en los labios.

Ciro se pone rojo de rabia y se lanza hacia la mesa tirando parte del cóctel.

—Perdonad, chicas, ¿estos dos están con vosotras?

Paolo no se mueve.

—Sí, o sea, nos hemos conocido ahora —explica Manù.

Los dos tipos ni se inmutan y miran a Ciro y a Paolo con una sonrisa burlona.

—Las hemos conocido ahora, pero somos amigos —dice el tipo que hace fotos.

Ciro, brusco, deja en la mesa lo que queda de la bebida.

—Si no te importa, ese es mi sitio.

El despatarrado se levanta.

—Perdonad, chicos. Solo estábamos hablando un poco. Nosotros ahora nos vamos al Up Stroke, hay un grupo guapísimo que toca en directo. Si queréis venir con nosotros, estamos con unas amigas.

—No, gracias; aquí estamos tranquilitos. Si estáis con unas amigas, ¿por qué no os vais ya con ellas? —pregunta Ciro, resuelto.

De repente, el aire húmedo de mar y denso del humo de los cigarrillos parece cortarse y, antes de que pueda hablar, Paolo la ve: una chica morena de ojos negros y brillantes se está acercando a la mesa. Un vestidito negro le resalta la cintura estrecha y el busto turgente y abundante. Las largas piernas bronceadas le brillan por el aceite perfumado y los zapatos de tacón plateados resaltan sus tobillos finos.

—¿Nos vamos, chicos? —Desenfunda una sonrisa de dientes blanquísimos y es para morirse.

Paolo la mira mientras ella se apoya con las dos manos en los hombros del tipo que sigue sentado, da un giro alrededor de él y se sienta sobre sus piernas. Manù la ve, deja de hablar y, colocándose el pelo, la mira de reojo.

—Sí, claro, ahora vamos, tesoro —dice el chico acariciándole la cabeza—. Os presento a mi amiguita Valeria —añade—. Por esta noche te dejo el sombrero, pero tienes que devolvérmelo, ¿eh? —dice por último mirando a Manù.

Paolo sigue fascinado.

—¿Qué pasa, que vuestras amigas no vienen con nosotros? —dice esa criatura maravillosa.

—Por supuesto que vamos con vosotros. Me encanta la música en directo —se apresura a responder Manù.

—Perdona, ¿cómo que vais con ellos? ¡Os hemos traído las copas! —dice Ciro, y mira a Paolo, que permanece inmóvil con la copa en la mano.

—Bueno, yo creo que las chicas pueden elegir —prosigue el ángel.

—Perdona, pero ¿quién coño eres tú? —salta Ciro.

—Venga, Ciro, cálmate —se despierta Paolo.

—No, me calmo por los cojones. Las chicas estaban con nosotros y estos se las llevan.

53

—Evidentemente prefieren a sus nuevos amigos —dice Valeria.

En ese momento, también Paolo salta.

—Mira, si hay algo que me pone enfermo es ver cómo se usan las palabras a lo tonto. Amigos, amigas, amiguita. Pero ¿qué es esto? Os acabáis de conocer. ¿Tú sabes lo que significa ser amigos?

Valeria le mira con una media sonrisa de compasión. Luego se levanta, le da la espalda y se marcha.

Los dos se van detrás de ella. Manù, todavía con el sombrero de vaquero en la cabeza, los sigue. Chiara se queda un instante mirando a Paolo.

—Venga, chicos, otra vez será —dice disgustada, uniendo las manos como en oración, y también se marcha.

Ciro y Paolo permanecen de pie.

—Tranquilo, Paolo, ahora mismo nos ligamos a otra cualquiera. Esta noche lo pasas bien. —Coge la media copa de B52, se la bebe de un trago y, tambaleándose con el caminar inseguro de los obesos, se abre paso entre la gente.

Paolo deja la copa y se dirige a la salida.

15

*P*aolo no consigue dormir. Da vueltas y más vueltas inquieto en su cama con cabecero de piel Frau. Mira el reloj digital Oregon de la mesita de noche que marca las tres y entonces lo hace: se quita la tirita para respirar de la nariz y alarga una mano para acariciar la parte vacía, la que fue de Giorgia.

Sabe que le dolerá muchísimo.

Una avalancha de recuerdos le corta la respiración; son tantos que no consigue ni ordenarlos ni separarlos. Un bloque único de imágenes, pensamientos y sensaciones de los últimos tres años de su vida puja dentro de él sin encontrar salida. Rompe a llorar; primero con un llanto roto, luego cada vez con más fuerza; empieza a hipar y se aplasta la cara contra la almohada.

Cuando al fin logra calmarse un poco, sale a la terraza y se queda mirando fijamente las luces del golfo. No consigue entender qué es lo que ha ido mal.

Vuelve a entrar en la casa y pasea nervioso en la penumbra del salón. «Ha sido también culpa mía, pero ¿cómo he podido no verlo?» Tropieza con algo, se cae al suelo con un ruido sordo y un dolor lacerante le hace gritar: «¡Joder!» Enciende la luz y se sujeta un pie con las dos manos. «El sofá circular... sobresale, pero, qué coño, no vivimos en un iglú...» Se seca las lágrimas y se pone de pie. «Te lo decía siempre...» Una punzada de nostalgia se suma al dolor del pie. «Pero ¿en qué me he equivocado?»

Hay algo que todavía no entiende, pero siente que en

parte también ha sido responsabilidad suya; por eso, a pesar de todo, no logra odiarla. Echa terriblemente de menos a Giorgia, sigue necesitándola. En esos tres años ha sido su punto de referencia. Le había guiado en todas sus decisiones personales y profesionales; le había aconsejado los círculos que debía frecuentar y las personas de las que rodearse, cómo vestirse y adónde ir de vacaciones; Giorgia, además de la casa, le había redecorado la vida. Había sido una chica sólida y protectora. Habría sido una fantástica esposa; sin embargo, ha preferido a Alfonso, su exjefe, un gilipollas. Se los imagina riéndose mientras le llaman «tontorrón» y hacen el amor. Siente una puñalada en el estómago. Le han engañado los dos. Todos esos viajes a Milán fueron solo excusas para librarse de él. Se pregunta cuánto tiempo hará que empezó esa historia. ¿Se merecía esos viajes? ¿De verdad le encargaron esos artículos y esas entrevistas por su talento? Un insoportable torbellino de dudas se abre camino en su cabeza.

Mira el reloj. Las cinco. La idea de que al día siguiente empiece el fin de semana le provoca una arcada; lo pasará solo, sin duda, y sabe que la angustia y los recuerdos no le darán tregua. Luego piensa en el lunes, cuando tendrá que ir a la oficina para la nueva reunión de redacción de la semana.

Coge de la mesa un ejemplar de *Macho Man* y lee el título: «¡Hazlo de pie! El sexo de pie quema hasta quinientas calorías. ¡Descubre las posturas!»

Deprimido, se sienta en el sofá. Quién sabe qué otro absurdo y humillante artículo tendrá que escribir. Inclina hacia atrás la cabeza y deja caer al suelo la revista. Quizás hubiera sido mejor escribir para una revista pornográfica gay.

16

El siguiente lunes por la tarde, en la zona azul de la plaza San Luigi, Paolo encuentra un hueco entre un Opel Corsa y un viejo Skoda. Tiene la ventanilla abierta y el olor salobre que viene del mar se mezcla con el de la hierba de los parterres. Mete la marcha atrás, apoya el brazo en el asiento del pasajero y, tras alguna maniobra, consigue aparcar su Fiat Punto Star. Apaga el motor y con la mano busca la manecilla de la puerta, la abre, apoya el pie izquierdo en el asfalto y, justo cuando está a punto de hacer fuerza sobre la pierna para levantarse, todo a su alrededor empieza a dar vueltas y pierde el equilibrio. Le sudan las sienes y se le acelera el corazón por un fuerte vértigo. Se abandona en el respaldo, respira profundamente para calmarse y, al levantar la mirada, se queda petrificado. Solo en ese momento se da cuenta de que se encuentra frente a la gran pared de toba por la que se tiró pocos meses antes. Recorre con la mirada el largo vuelo desde la barandilla del Miranapoli hasta el punto preciso donde habría podido despedazarse: el asfalto bajo su zapato. Traga. A estas horas podría no existir. Un estremecimiento recorre su cuerpo y, para sentirse todavía vivo, mueve los dedos de las manos. Baja del coche haciendo un esfuerzo, va al parquímetro de al lado y busca unas monedas en el bolsillo del pantalón. Dos euros serán suficientes, piensa. Los mete en la ranura y pulsa la tecla verde. Deja el *ticket* en el salpicadero y cierra la puerta del coche.

—¡Eh! ¡Jefe! ¡Por favor! —Un tipo alto y delgado se le acerca.

Paolo le mira sin entender.

—¡Por favor! —le dice de nuevo.

—¿Qué pasa? —pregunta Paolo.

—Por el coche.

—Ya he pagado.

—Pero, perdone, ¿a quién le ha pagado?

Paolo le indica el *ticket* en el salpicadero.

—Y qué tiene eso que ver. Eso es del Ayuntamiento, es otra cosa.

—Ah, entonces, ¿tengo que pagar dos veces?

—No, no es dos veces. Usted ahora ha pagado solo el suelo, no la vigilancia del coche. Así no está usted custodiado. Si luego pasa algo, yo no quiero saber nada —dice, y levanta las manos.

Paolo comprende y, resignado, se mete la mano en el bolsillo y saca otros dos euros.

—Gracias, jefe —responde el tipo, que se va corriendo para cobrarle a un Toyota Yaris que acaba de aparcar.

Paolo llega frente al portal verde de un edificio señorial estilo *liberty*, saca una tarjeta del bolsillo de la chaqueta y comprueba el número. «Once», dice para sí. Luego lee también el nombre de la empresa a la que tiene que llamar: Pick Up Artist. Busca rápidamente entre todos los nombres del telefonillo y lo encuentra.

Pulsa y espera unos segundos.

—¿Diga? —responde una voz que Paolo no consigue definir si pertenece a un hombre o a una mujer.

—De Martino —dice él tímidamente.

El tipo o la tipa, al otro lado, se toma unos instantes.

—Sube. Es el último. —Un ruido abre la puerta.

Paolo entra en el portal y llama al ascensor.

Podía imaginárselo todo, pero no esa situación ridícula. Pick Up Artist es verdaderamente un nombre improbable: 'Artista del Ligue'. «Solo me faltaba esto», piensa. No eran suficientes los artículos sobre la depilación, acerca del gel y sobre el alargamiento de pene; ahora tiene que escribir también sobre un curso para ligar con mujeres. Otro que se ha inventado una cosa absurda para sacarles el dinero a cuatro pobres chavales salidos.

Enrico, su jefe, se había enterado del curso por uno de sus contactos.

—Es un seminario sobre el ligue, Paolo. El artículo es tuyo, querido —le había dicho unas horas antes.

—¿No puede hacerlo Fabian? —había sugerido él.

—Imposible tesoro, Fabian está trabajando en «Abdominales perfectos en siete días». Los de *Men's Health* han salido con «Abdominales perfectos en ocho días». Nosotros teníamos la primacía con diez, pero esos tipos nos están desafiando, y nosotros, grábatelo, no podemos darnos por vencidos.

—Pero ¿de qué se trata? —preguntó, resignado.

—Muy sencillo, cielo; desde hoy se puede aprender a ligar con las mujeres. Es una comunidad secreta que actúa en la sombra. Y parece que hay un tipo que ha llevado el arte del ligue al nivel de una ciencia exacta. Ya te he inscrito en el curso. Me has costado doscientos euros, tesoro. Mucho cuidadito con decir que eres periodista. Estarás de incógnito. Aquí tienes, querido —concluye, y le pasa la tarjeta con la dirección, el número y el nombre de la sociedad.

Paolo sale del ascensor y mira las placas de las puertas. Pick Up Artist. Ahí es. Llama al timbre y espera.

17

Se abre la puerta y un chico gordo pero de rasgos elegantes se asoma.

—¿Di Martino? —le pregunta, serio.

—De Martino.

—Entra —dice, y le deja pasar—. Sígueme.

El tipo cierra la puerta y le abre camino. Paolo le mira mejor, nota las manos femeninas y se da cuenta de que se trata de una chica: una chica vestida de hombre, con voz de hombre e incluso con algo de barba. Fija la mirada en el amplio trasero.

—¿Se puede saber qué miras? —le pregunta sin girarse.

—¿Cómo? —dice Paolo cogido por sorpresa.

La chica se detiene frente a una puerta blanca, se da la vuelta y le mira a los ojos.

—¿Se puede saber qué estás pensando?

—No, nada... Yo estaba solo mirando... —susurra Paolo.

—¿A qué has venido?

—¿Eh?

—¿A... qué... has venido? —pregunta ella, marcando las palabras.

—Pues...

—Da igual, ¿te gustan las almejas?

Paolo arruga la frente. Ella sigue observándolo, sin añadir nada.

—Sí, claro —responde, y asiente con la cabeza.

60

—Estupendo, a mí también; entonces debes saber que todo lo que aprendas aquí adentro te va a convertir en un hábil comealmejas. Úsalo bien. —La mujer baja el picaporte y abre la puerta.

Paolo entra.

La habitación es amplia y luminosa; se ve el mar desde una gran ventana que da a la plaza de abajo. Las sillas están colocadas como en un teatro. Una decena de personas, en su mayoría jovencitos, aunque también hay un hombre de unos cincuenta años, se dan la vuelta para mirarle.

—Buenos días, me alegro de que te hayas inscrito. Lo necesitabas.

Se oyen risas.

Una chica que está de pie sobre una plataforma se está dirigiendo a él. Paolo levanta la cabeza y la reconoce: es Valeria, la fabulosa chica de piel morena. Una blusita blanca ceñida resalta su seno; va fajada hasta la rodilla con una falda azul y calza un par de sandalias negras con una tira muy fina en el talón.

—Siéntate, estaba empezando la primera lección —prosigue ella.

Paolo va lentamente hasta la última fila. No lo puede creer. Aquella chica es la profesora del curso, ella es el «tío» que ha elaborado la ciencia del ligue. Saca un bloc y un bolígrafo de la bolsa, y mira a Valeria, que ha empezado a hablar.

—Si estáis aquí es, sin duda, porque os sentís insatisfechos, porque algo no va bien en vosotros mismos. Os sentís torpes. Miráis a los demás y pensáis que ellos sí saben cómo actuar; vosotros no. Ellos tienen la situación bajo control; vosotros no. Ellos saben seducir a las mujeres, incluso a las muy guapas; vosotros no. Ellos tienen capacidades que vosotros no tendréis nunca. Es una cuestión de naturaleza, simplemente. ¡Bien! Tengo dos noticias para vosotros, una mala y una buena. ¿Cuál queréis saber antes?

—La mala —dice un chico delgado vestido de negro y que lleva un *piercing* en una ceja.

61

—La noticia mala —prosigue Valeria— es que es verdad, ¡sois unos desgraciados!

En el aula suenan risas entre murmullos de resignación.

—¡La buena es que se puede cambiar!

Desde la primera fila empieza a sonar un aplauso que se extiende a toda la clase. Paolo sigue mostrándose escéptico.

—Lo importante —continúa ella— es no seguir haciendo las mismas cosas que hacíais antes. ¡Cambiad las actitudes y cambiarán los resultados! He visto transformaciones increíbles a lo largo de estos años. Alguno de los estudiantes de mis cursos avanzados partieron de condiciones desesperadas, exactamente como alguno de vosotros —dice mirando a Paolo—, pero, siguiendo mis reglas, aprendieron a conquistar a todas las chicas que querían en siete horas.

—¡¡Uuuuuh!! —estalla un estruendo en el aula.

—Exacto, siete horas de media son las que hacen falta para llevarse a la cama a cualquier mujer desde que os acerquéis a ella. Naturalmente esto no quiere decir que sean consecutivas. Pueden ser siete horas de «trabajo» distribuidas en el tiempo. —Cuando dice «trabajo» dibuja unas comillas con los dedos—. Empecemos desde el principio. —Valeria se pone seria—. ¿Para qué estamos en la Tierra? —Nadie responde—. Para sobrevivir y reproducirnos —continúa—. Estamos programados para esto. Experimentamos emociones para eso. Puede parecer simplista, pero es así. Somos máquinas biológicas. Sentimos pulsión sexual porque alguien allá arriba ha querido que no nos extinguiéramos.

—¡Eso es! —grita un chico rubio desde la segunda fila.

—Recordad bien esta palabra: «atracción». —Valeria coge un rotulador y la escribe en mayúsculas en la pizarra—. El primer objetivo entonces es «atraer». Pero ¿qué es lo que nos atrae? A los hombres les atrae el aspecto físico y, especialmente, los elementos que en una mujer indican buenas capacidades reproductoras: salud, juventud, buenos glúteos... —La clase se echa a reír—. Veamos, los primates, los monos —continúa—, presentan glúteos sobresalientes solo cuando están dispuestos al apareamiento. Sin embargo, la mujer tiene siempre los glúteos que sobresalen para instaurar una relación sexual regular, mantener una relación duradera con la pareja y criar y cuidar a la prole. Somos máquinas biológicas —repite.

—¿No es una visión demasiado restrictiva y superficial, si me permites el término? —se atreve a decir Paolo con un punto de sarcasmo.

Silencio en el aula. Valeria le mira fijamente por un momento.

—Vi cómo me mirabas la otra noche. ¿Quieres negar que te sentiste atraído por mí? No estuvo mal el efecto que te produjeron mis tetas para ser solo dos glándulas sudoríparas. Libérate de los sentimientos de culpa y no te llames superficial, te lo ruego.

El aula rompe en un estruendo y un aplauso.

Paolo se ruboriza y no encuentra el modo de rebatirla. Inclina la cabeza sobre el bloc y se pone a tomar apuntes.

—Las mujeres encienden vuestros interruptores con su aspecto físico. Si no, ¿por qué habrían de someterse a torturas como los tacones, la depilación y la cirugía? Naturalmente, las mujeres tienen también sus interruptores de atracción, y ahora os desvelaré cómo encenderlos. No volverá a haber ni una sola mujer que no pueda sentirse atraída por vosotros.

63

18

$\mathcal{U}$n pequeño autobús baja por la calle Posillipo bordeando el parapeto de ladrillos grises y las grandes cancelas de las lujosas villas; en el interior van todos los estudiantes del curso. Paolo se ha sentado al fondo con su bloc. Delante, junto al conductor, Valeria habla a través de un micrófono.

—Mientras que los interruptores de atracción de vosotros, los machitos, están calibrados por la buena reproducción, o sea, juventud, buenas tetas, bonitos culos, etcétera, los nuestros, los de las mujercitas, se calibran con la «supervivencia». Por tanto, nos sentimos atraídas por el llamado «hombre alfa», es decir, un hombre capaz de garantizar nuestra supervivencia y la de nuestros hijos. En tiempos, esta se traducía en fuerza física; hoy, sin embargo, hablamos de fuerza social. ¿Os habéis preguntado alguna vez por qué algunas chicas espléndidas están con viejos improbables? Bueno, mirad la cuenta bancaria o el trabajo del anciano de turno y tendréis la respuesta.

—Es verdad —dice el tipo rubio.

—Prácticamente, ¿estás diciendo que todas las mujeres son unas putas?

Paolo intenta ponerla en un aprieto.

—En cierto sentido —responde Valeria sonriéndole—. Pero no es culpa nuestra. Es la naturaleza.

Paolo niega con la cabeza.

—Desde luego no es el tipo de mujeres que yo frecuento.

Valeria le ignora y prosigue.

—Uno de los principales interruptores de atracción de la mujer es la preselección. Si una mujer ve que un hombre ya ha sido seleccionado por otras mujeres no podrá evitar sentirse atraída por él. Probad a entrar en un local con dos o tres mujeres del brazo, y luego intentad entrar solos y veréis la diferencia de reacción de las chicas presentes.

—Pues, si ya es un problema encontrar una, imagínate tres —dice el cincuentón, que está sentado junto a la ventanilla.

—Ahora llegamos, tranquilos —continúa Valeria—. Y estamos en la primera regla para ligar: «nunca mostrarle interés sexual a una mujer» —dice, destacando cada palabra.

—Pero ¿no has dicho que no tenía que llamarme superficial? —Paolo sigue pinchándola.

—Claro, pero quédatelo para ti. Las mujeres tienen escudos de defensa muy altos. Teóricamente, una mujer que se va a la cama con un hombre lo hace para reproducirse, y arriesga mucho más. Imagínate si una mujer se fuera a la cama con todos aquellos que se le acercan desde los catorce años. Por mucho que lo intentéis, nosotras tendremos una fila detrás de nuestra puerta día y noche. Por tanto, lo que tenéis que aprender es a abatir nuestras defensas, nuestros escudos; ¿queda claro?

—Clarísimo —dicen a coro los estudiantes.

—En primer lugar, vosotros no sois potenciales pretendientes, a vosotros no os interesa el sexo. Vosotros seréis la excepción de la regla, ¡vosotros sois artistas del ligue! Pero, cuidado, el vuestro ha de ser un desinterés activo.

—¿Cómo? —pregunta el chico vestido de negro con el *piercing*.

El bus disminuye la velocidad.

—Hemos llegado, bajemos. Ahora os enseñaré cómo se conoce y se atrae a una chica.

—*Pego* son las cinco, ¿no es *pgonto paga ig* a la discoteca? —pregunta un chico con camisa de cuadros, gafas de cristales gruesos y erre francesa.

—¿Quién ha hablado de discoteca? Las discotecas son trampas. Nunca se debe ligar en una discoteca: la música

65

está demasiado alta y no se consigue comunicar; además, las defensas están aún más altas, pues las chicas se lo esperan. Mejor en un disco-bar. Y lo mejor de todo son los centros comerciales.

El autobús se acerca a la acera y se detiene bajo un gran cartel: «CENTRO COMERCIAL SAN PAOLO. BARRIO FUORIGROTTA».

19

$\mathcal{V}$aleria se sube a la escalera mecánica, se da la vuelta y se apoya en el pasamanos de plástico negro. Mientras los escalones la llevan hacia arriba, mira a los estudiantes que van en fila detrás de ella.

—Las mujeres se clasifican en función de la belleza. De 5 a 10. Aquellas que están por debajo de 5 ni siquiera las consideramos.

Los estudiantes se ríen. Paolo niega con la cabeza.

—No me mires con esa cara. ¿Crees que las mujeres no hacemos una selección? Cuanta más protección y poder social podéis garantizar, más alta es vuestra puntuación. Créeme —le dice, y sonríe.

El escalón empieza a aplanarse bajo sus pies, ella se vuelve y da un saltito hasta el suelo de mármol. Los estudiantes pasan frente a ella de uno en uno.

—En cualquier caso, la calificación es necesaria para calibrar nuestros movimientos. Cuanto más alta sea la puntuación, más altas serán las barreras de la chica. Una modelo sabe perfectamente que te la quieres llevar a la cama. —Mira a Paolo, que es el último de la fila.

A esa hora, el centro comercial no está especialmente lleno de gente. Caminan por la primera planta pasando por una librería, una tienda de ropa y una de electrodomésticos. Se detienen frente a la puerta de una gran perfumería.

Valeria mira de arriba abajo a los estudiantes que están en fila frente a ella. Luego señala al muchachito del *piercing*.

—Tú. Entra en la perfumería y aborda a esa chica que está frente a la estantería de Calvin Klein.

El chico del *piercing* abre los ojos de par en par y mira hacia el interior de la perfumería. Hay algunas personas que se mueven entre las estanterías y una chica de cabello castaño que está de espaldas, frente a los perfumes.

—Pero así, ¿sin más?

—Si en tu vida quieres esperar siempre a que alguien te presente a una mujer, entonces no serás nunca lo que quieres ser. Un verdadero artista del ligue actúa, no espera al destino.

El chico lanza una mirada rápida a los demás estudiantes, que evitan sus ojos. Echándole valor, entra en la tienda. Las puertas automáticas se cierran a su espalda, se gira y vuelve a mirar a la clase. A través del cristal, ve a Valeria, que le observa con los brazos cruzados.

La chica de pelo castaño se desplaza lentamente hacia otra estantería. Él se le acerca tímido, por la espalda.

—Ho…, hola.

La chica se gira casi con un sobresalto, le mira y levanta una ceja.

—¿Nos conocemos?

—La verdad es que no, quería saber cómo te llamas. Yo soy Eduardo, encantado —dice, y le tiende la mano.

—Mira, perdona, pero ahora tengo que irme.

La chica sale de la tienda y deja a Eduardo con la mano tendida al aire.

Los estudiantes le miran desconsolados. Valeria le hace un gesto para que salga.

—Segunda regla —dice Valeria levantando el índice y el corazón. Paolo toma apuntes—. Para abordar a una mujer no tenéis que acercaros «nunca» presentándoos, diciendo nombre y apellido, o preguntándole a qué se dedica. Esto desvelará vuestras intenciones, ¡y ellas levantarán sus escudos protectores!

—Y entonces, ¿qué tenemos que hacer? —pregunta el cincuentón.

—Muy fácil, ¡necesitáis una HDA, o «historia de aproximación»! Una excusa cualquiera para entrar en contacto como aquel que no quiere la cosa. Por ahora os la sugeriré yo, en adelante os las inventaréis vosotros. —Valeria mira de nuevo a Eduardo—. Ahora tú entras y te pones dos tipos de perfume en las muñecas; luego, simplemente, le pides a la primera chica que pase que te dé una opinión femenina sobre qué perfume comprar. Fácil, ¿no?

Eduardo la mira, suplicante.

—No, Valeria, no puedo hacer eso, por favor.

Ella se le acerca y le apoya las manos en los hombros.

—Eduardo, recuerda que las chicas están ahí para ti. ¿Por qué crees que las mujeres salen y pasean por los centros comerciales? ¿Para qué van a bailar aunque tengan novio? ¿Por qué se meten en Facebook? ¿Es porque se quieren comprar una camiseta? ¿Es solo porque quieren bailar? ¿Es porque quieren reencontrarse con sus antiguos compañeros de colegio? ¡Gilipolleces! ¡Salen porque quieren ser conquistadas! ¡¡Quieren saber si las necesitáis tanto como ellas os necesitan a vosotros!!

Paolo deja escapar una risita. Valeria le fulmina con la mirada. De nuevo se dirige a Eduardo mirándole fijamente a los ojos.

—Ahora entra ¡y compórtate como un chulo!

Eduardo aprieta el puño para darse fuerza y, por segunda vez, se introduce entre las estanterías de la perfumería.

Con aire indiferente coge un probador de un Eternity de Calvin Klein, lo huele y pulveriza un poco en muñeca; después coge un frasco de Light Blue Dolce & Gabbana y se pone un poco en la otra muñeca. Mira un momento a su alrededor y ve a una chica muy mona con *leggings*, botas y una camiseta de colores.

Al otro lado del cristal, los estudiantes están tensos por él y le animan. Eduardo los mira un instante y siente aún más valor: se sube las mangas hasta el codo y se acerca a la chica.

—¿Me das una opinión femenina?

La chica se da la vuelta y, antes de que pueda abrir la boca, Eduardo se apresura a decir:

—Tengo que hacer un regalo. —Le pone las muñecas bajo la nariz.

Ella, tras unos instantes de duda, sonríe y huele los dos perfumes.

Al otro lado del cristal, los estudiantes saltan de alegría. Valeria sonríe, satisfecha.

Poco después, Eduardo sale con el pecho henchido, orgulloso, como quien ha superado una gran prueba. Echa fuera todo el aire y sonriendo empieza a chocar su mano con todos. Paolo los mira como si fueran una pandilla de idiotas, pero también él choca su mano.

—¿Qué tal ha ido? —le pregunta Valeria.

—Excelente —responde él—. Nunca me había parado a hablar con una desconocida. Ella me ha preguntado para quién era el regalo y yo le he dicho que era para mi hermano. Pero luego yo ya no sabía qué decir y se ha marchado.

—Muy bien. ¿Has visto? Más adelante aprenderemos a pedirle el número de teléfono y a daros un beso ya en el primer encuentro.

—No, no puede *seg*, no me lo *cgeo*. ¡Es magnífico! —dice el chico de la erre francesa llevándose las manos a la cabeza.

—Bien, ¿quién quiere probar ahora? —Valeria mira a los estudiantes, atemorizados. Luego detiene la mirada en Paolo—. ¿Quieres ir tú?

Por un instante, Paolo se siente burlado.

—Por hoy, la dosis de humillación ha sido más que suficiente; me cojo un taxi y vuelvo al coche. —Se afloja un poco el nudo de la corbata y se va sin despedirse de nadie.

Valeria le señala y vuelve a mirar a los estudiantes.

—He ahí uno que no cambiará jamás.

20

*P*aolo detiene su Fiat Punto Star a la altura del bareto de la calle Chiatamone, justo frente a la sede de su antigua oficina.

Apaga el motor y espera. Poco después la ve llegar. El Nissan Micra rojo de Giorgia se para justo en la entrada de *Il Mattino*. Del lado del acompañante se baja Alfonso, que, antes de cerrar la puerta, le da un pellizquito en la mejilla y un beso en los labios.

—Hasta luego, muñeca. No sé si nos veremos esta noche. Acabaré tarde.

—Qué pena —contesta ella con un ceño de niña contrariada.

Paolo está a punto de desmayarse.

—Venga, que mañana te llevo a comer mejillones picantes a Cicciotto —añade Alfonso.

—Hasta luego —se despide ella, radiante.

El coche de Giorgia se pone en marcha de nuevo y gira por la calle Partenope sin poner el intermitente, el coche que va detrás frena de golpe y los neumáticos dejan una larga marca negra en los adoquines; por un pelo no la embiste por el flanco.

—¡Hija puta! —El conductor se asoma por la ventanilla acompañando sus improperios con una larga pitada de claxon.

Paolo enciende el motor y mete primera.

—¡Paolo! ¿Qué haces aquí? —En la ventanilla de la derecha aparece una cara enorme.

71

Da un bote en el asiento, luego le reconoce: es Ciro tomándose un helado de cucurucho.

—Ciro, me has asustado.

—Ay, perdona, no quería. Soy yo, tranquilo. —Abre la puerta y se mete en el coche—. ¿Qué haces aquí abajo? Un poco de nostalgia, ¿eh? —dice, y le da un vigoroso lametón al helado mientras un churrete de crema de avellana cae en el asiento justo en medio de sus piernas—. Vaya, la que he liado.

—Ciro, por favor, ten cuidado.

—¿Tienes un pañuelo? —Con las manos, manchadas, abre la guantera.

—Ciro, me estás ensuciando todo el coche. ¿Tú crees que es normal que estés comiéndote un helado a estas horas de la mañana?

—Vaya, no tienes pañuelos. Bueno, pues con los dedos.

Paolo le mira consternado.

—Quería comprobar si era verdad que Giorgia y Alfonso están juntos.

—Pero si ya lo sabías, Paolo.

—Pues lo quería ver con mis propios ojos.

—Pero ¿qué necesidad tienes? ¿Quieres hacer otra tontería?

—Entonces, ¿Giorgia le acompaña cada día?

—Pero ¿para qué quieres saber esas cosas Paolo? Luego te sientes mal. Venga, olvídala ya.

—Puede que tengas razón, Ciro. Debo pasar página.

—En cualquier caso, sí, le acompaña todos los días. Desde que la mujer de Alfonso descubrió los múltiples cuernos que le ponía su marido, se quedó con todo. Primero, el barco; luego, el coche.

—¿Le había quitado el barco? ¡Claro, por eso los pillé en mi casa; antes se la llevaba allí, como a las demás!

—¿Lo ves, Paolo? ¿Quieres amargarte? Déjalo ya.

—No, Ciro. Es que necesito entenderlo.

—Pero ¿qué es lo que tienes que entender? Quítatela ya de la cabeza.

—¿Has visto lo contenta que estaba hoy Giorgia? ¿Has visto tú también lo feliz que es, Ciro?

—¡Qué cosas dices, Paolo! Basta ya, por favor. Corta ya con esa historia.

—Sí, supongo que tienes razón, Ciro. Debo olvidarme. De todos modos, saber no me vale para nada.

—Además, esa está siempre contenta, Paolo. —Le da otro lametón al helado.

—¿Cómo?

—Está contenta todos los días. A ver, yo antes no la conocía, pero desde que la veo con Alfonso no hay duda de que es feliz.

Paolo se siente morir.

—Pero ¿no habías dicho que era mejor no saber?

—Ya, ¡pero tú insistes! —Otro mordisco al cucurucho.

—O sea, que... ¿es feliz? Daría lo que fuera por saber qué ve en ese tío. Giorgia es una chica bien, refinada, culta, de buena familia. No puedo entender qué hace con ese paleto. «Nos vamos a comer unos mejillones picantes» —dice imitando la voz de su exjefe—. Giorgia no ha comido nunca mejillones picantes. Hasta puedes coger una hepatitis.

—Bueno, Paolo, ya sabes como es Alfonso.

—No, ¿cómo es?

—Pues no sé, Alfonso es... —Hace un gesto con la mano que no quiere decir nada.

—¿Qué significa eso? Es...

—Paolo, es... No te lo sé explicar. Es simpático, agradable.

—Pero, bueno, ¿ahora te gusta Alfonso?

—No, no es que me guste, Paolo. Pero..., pero Alfonso es Alfonso.

—¿¡Es Alfonso!? —Paolo permanece un rato en silencio y arruga la frente—. ¡Ya lo sé Ciro! ¡Alfonso es alfa!

—¿Es alfa? —pregunta Ciro.

—¡Es alfa, eso es lo que es Alfonso! ¡Baja, Ciro! Tengo que ir a escribir el artículo, que va a imprenta esta noche. —Le empuja fuera del coche. El cucurucho se le cae en la alfombrilla—. ¡Se me ha caído! —Ciro baja. Paolo cierra la puerta—. Da igual, ya me has puesto el coche como una alcantarilla.

Mete la marcha, tira al asfalto el cucurucho húmedo y arranca derrapando.

Ciro se queda mirándole, atónito; se chupa los dedos manchados de helado de avellana y se mete en el portal del periódico.

74

Queridos compañeros, hay que despertar. ¿Pensabais que sensibilidad, cultura y buenos modales son elementos para conquistar a una mujer? Nunca ha existido nada tan equivocado. Si os presentáis a una mujer estrechando su mano, con nombre y apellido, seréis solo unos desgraciados. Si en el primer encuentro os interesáis por su trabajo o sus ocupaciones, seréis solo los típicos buenos chicos aburridos que están intentándolo. No le regaléis una rosa y no la llevéis a cenar a la luz de las velas. Incluso llevarla hasta la cabina de un miserable barco será perfecto con tal de que pueda encontrar indicios de la presencia en vuestra vida de otras mujeres. Así entenderá que ya habéis sido «preseleccionados», entrará en competición con las otras pretendientes y querrá llevarse el trofeo en liza: ¡vosotros! Como en el mundo animal, también entre hombre y mujer existen reglas muy concretas. Las hembras se sienten atraídas por el «macho alfa», es solo una cuestión biológica.

$\mathcal{A}$ la semana siguiente, Paolo camina por la calle Mergellina con su traje gris, entra en el portal y sube el tramo de escaleras a pie. Llama al timbre y la puerta se abre con el acostumbrado sonido.

—¡Hola, Paolo! —le dice la radiante Danila, la secretaria—. Los demás ya están en el despacho de Enrico, te están esperando.

Paolo se sorprende con esa acogida tan calurosa. Camina por el pasillo de moqueta, llama a la puerta y entra.

Están ya todos allí: Fabian y los otros tres redactores sentados frente a Enrico, que, con una enorme sonrisa, airea un folio con energía.

—Tenemos los daaaatoooos. —Le pasa el folio—. Desde la semana pasada, las ventas han subido cerca de un diez por ciento. ¿Te das cuenta, cielo mío? En una sola semana hemos vendido casi tres mil ejemplares más. ¡Ya hemos conseguido prácticamente lo que nos habíamos fijado para fin de año!

Paolo da un vistazo rápido al folio con los datos.

—¿Y sabes cuál ha sido el artículo más pinchado?

—No lo sé, ¿el de los abdominales perfectos en medio día? —Paolo aparta la vista de Fabian, que, serio, le clava la mirada.

—¡El tuyo, tesoro mío! ¿Los lectores se han vuelto literalmente locos!

Los tres redactores presentes se ponen en pie y empiezan a aplaudir.

Paolo se queda sin habla, no se lo esperaba. Fabian se levanta y se pone a su lado.

—Bravo por nuestro Paolo.

Antes de salir le da una sonora palmada en la espalda y casi le hace perder el equilibrio.

—Paolino mío, te comunico que haremos una sección fija sobre el ligue y que, naturalmente, será tuya —le dice Enrico abriendo los brazos.

Paolo siente náuseas y deja el folio sobre la mesa.

—Enrico, no sé si es realmente oportuno. Creo que el argumento está ya agotado. Y, además, ¿no habíamos hablado de esa pequeña sección de economía que querías introducir?

—Déjate de economías —le interrumpe Enrico—. Sea como sea, no estarás solo.

Paolo le mira sin comprender y, justo en ese momento, a sus espaldas, aparece Valeria con un vasito de plástico en la mano.

—Hola, estaba tomándome un café en la otra habitación.

Paolo se queda inmóvil, mirándola, y, en esos pocos instantes, piensa en lo increíblemente guapa que consigue estar Valeria incluso así, con unos simples vaqueros, sandalias, camisa blanca y una coleta que le recoge el pelo negro en la nuca. Eso le irrita.

—Los dos colaboraréis en la sección sobre el ligue. Ya conoces a Valeria, supongo. —Enrico está radiante.

—Sí —responde Paolo rechinando los dientes.

—No habría dicho nunca que eres periodista —añade ella.

—¿Por qué? ¿Cómo son los periodistas? —pregunta él.

—No lo sé, me los imaginaba diferentes —responde, sarcástica.

—Sin embargo… —Paolo no consigue rebatir con nada ingenioso.

—La hemos llamado en cuanto hemos visto el entusiasmo de nuestros lectores —interviene Enrico—. Y ella ha aceptado encantada. ¡Estoy seguro de que juntos vais a hacer un trabajo excelente!

Valeria mira a Paolo y, burlona, le muestra su bellísima sonrisa.

22

*E*n el *office*, Paolo se está preparando un café. Mete una cápsula en la cafetera y cierra la tapa, presiona una tecla y un ruido exagerado acompaña la salida del café hacia el vasito de plástico; cuando el líquido negro llega a la altura deseada, pulsa la tecla de *stop*.

—No pienses que esto me entusiasma —le dice mientras abre un sobrecito de azúcar moreno.

—En el fondo me alegro de que seas periodista. No creo que contigo hubiera conseguido hacer un buen trabajo.

Paolo la mira fijamente por un instante y luego coge un bastoncillo de plástico y empieza a disolver, nervioso, los granos de azúcar oscuro en el café.

—Creo sinceramente que lo tuyo son solo tonterías para pobres idiotas con serios problemas —le responde, y se bebe el café dulce de un trago.

—Qué raro —dice ella enseñándole el ejemplar de *Macho Man* que tiene en la mano—. Aquí leo: «Las reglas para ligar son ya una ciencia. La mía no es una opinión, sino un hecho objetivo».

—¿Y según tú qué tendría que haber escrito? —rebate él sin mirarla y tratando de dejar caer sobre la lengua los últimos residuos de azúcar—. Soy un profesional. Si hago algo, lo hago bien. Tenía que hacer un artículo sobre esas tonterías y lo he hecho.

Valeria le mira y sonríe.

—¿Por qué no quisiste probar el otro día en el centro comercial? Miedo, ¿verdad? ¿Angustia por el acercamiento?

—¿Qué?

—Angustia por el acercamiento —repite Valeria—. Es normal. La mayoría de los varones la sufre. Es el miedo al rechazo al acercarte a una mujer. Mi curso te enseña a superarlo.

—¿Y cómo, haciendo que me huelan las muñecas por la calle?

—La angustia por el acercamiento —prosigue ella— deriva de un mecanismo evolutivo. En la prehistoria, al macho que era rechazado públicamente por una hembra se le expulsaba del grupo y corría el riesgo de no reproducirse. Tu angustia no es más que el legado de una antigua defensa.

—La única angustia que tengo me la producen los recibos que tengo que pagar a final de mes. Por eso estoy aquí contigo haciendo una sección sobre semejantes estupideces. Mi verdadero oficio es el de ser periodista, escribir sobre economía. Escribía en *Il Mattino* hasta hace unos meses. Y si me ves aquí es solo porque necesito el dinero. Y quizá tú también. —Con rabia, lanza a la papelera el vasito de plástico y sale del *office*.

23

Valeria baja del Cumana, el tren que une Nápoles con la cercana Pozzuoli, y sale de la estación. Atraviesa la calle y camina por el paseo marítimo que costea el pequeño puerto. Inspira con fuerza y se llena los pulmones del olor a mar del pescado fresco. Las cajas colocadas en las barcas de colores de los pescadores amarradas a lo largo del muelle están llenas de anchoas, mejillones, coquinas y pulpos aún vivos.

Entra en una heladería.

—Hola, Antò; lo de siempre: chocolate, avellana y coco.

—Hola, preciosa. Te lo preparo enseguida.

El camarero llena de helado un recipiente de poliestireno de un kilo y lo mete en una bolsa de plástico junto a una decena de cucuruchos y unas servilletas.

—La nata te la regalo, Valè. —Le pasa otra bolsita con un cuenco de nata montada recién hecha.

—Gracias, Antò —le dice ella sonriéndole.

—Recuerdos a tu padre.

Valeria recorre las pequeñas calles del centro de Pozzuoli y sube una rampa con escaleras. Se detiene frente a la gran cancela de una villa y llama al telefonillo. Una placa dice: «Casa de reposo Villa Maria». Tras cerrarse el portón de hierro verde a su espalda, se encamina por un sendero lleno de glicinas florecidas. Le gusta mucho ese aire dulce, le recuerda la terraza donde vivía cuando era niña.

—Hola, Luisa. He traído helado —dice a la enfermera al entrar.

—¡Valeria! —Le da un beso—. Dame, que ya lo preparo yo. —Le quita las bolsas de las manos—. Ven, tu papá está fuera, jugando a las cartas.

Valeria la sigue. Pasan por un vestíbulo de mármol que huele a limpio y salen a una amplia terraza frente al mar.

—¡Mirad quién ha venido! —anuncia Luisa—. Y os ha traído helado.

—Vaya, mi niña, ¿estás aquí? ¿Cómo has venido? —Un anciano deja las cartas sobre la mesa y se levanta con dificultad de la silla para darle un beso.

—Hola, papá. En tren, el coche aún está en el taller.

—Pobre niña, con este calor —dice otro anciano con las cartas todavía en la mano—. Ojalá yo tuviera una hija que viniera a verme todas las semanas.

—Por mí, podría venirse conmigo a mi casa. ¡Se lo he dicho mil veces! —Valeria le abraza.

—Qué cosas dices, tú eres joven, tienes que vivir tu vida. Y además, yo aquí estoy bien. Hay médicos, buenas enfermeras…

—Eso, ¡buenas enfermeras! Dile a tu padre que luego no se enfade, cuando le pongamos la inyección. —Luisa ha vuelto con una cuchara para los helados y empieza a sacar las tarrinas de la bolsa.

—Está bien, Luisa; luego se la pongo yo —le dice Valeria.

—Haced el favor, ya pensaremos luego en la jeringa. Ahora comamos el helado en paz —rebate su padre.

—Has tenido suerte, Gaetà; tu hija te ha salvado también esta vez. Vamos siete a dos a mi favor.

—¡¿Que yo he tenido suerte?! Giggì, ¡prácticamente tenías todas las cartas!

Valeria se echa a reír.

—¡Valeria, Valeria! ¡Tengo que hablar contigo! —Un anciano delgado y desdentado va a su encuentro, impulsándose con brío en una silla de ruedas.

—Hola, Vincenzo. He traído helado.

—Gracias, Valè. Oye, tengo que decirte una cosa. —Baja el tono mirando a su alrededor con aire circunspecto—. He seguido tus consejos con la nueva, Carmela. —Señala a una señora mayor que está sentada junto a una mesa, un poco más allá, con un toque de lápiz de labios y los ricitos blancos sujetados con dos peinetas de marfil—. Me acerqué sin presentarme, con una HDA, historia de acercamiento, y, como tú me dijiste, le pedí una opinión femenina sobre qué tipo de perfume le gustaba más. En un lado me había puesto loción para después del afeitado y en el otro agua de colonia. A partir de ahí nos pusimos a hablar de esto y aquello un buen rato.

—Entonces te está yendo muy bien, Vincè.

—Sí, solo que ahora no sé qué tengo que hacer. Sigue estando ese tipo por en medio, Pasquale se llama. —Señala, y ella ve que Carmela está ocupada hablando con otro anciano que está en pie frente a ella, apoyado en un bastón.

—No soporto a Pasquale, con esa actitud de príncipe, con el bastón. Además, él puede caminar; sin embargo, yo estoy atado a esta silla de ruedas. No tengo esperanzas.

—¿Y eso? Tú eres un artista del ligue, Vincè. Tienes que usar la silla de ruedas a tu favor.

—Sí…, ¿y qué hago, le paso por encima con ella?

Valeria se echa a reír.

—No, hombre, tienes que hacer una «demostración de valor superior». Usa la ironía, hazla reír. Llévale un helado y dile: «Menos mal que yo tengo una silla de ruedas y soy más rápido; si te lo hubiera traído Pasquale, ya se habría derretido. Te habría llegado un cucurucho empapado».

Vincenzo se ilumina.

—¡Tú sí que eres grande, Valè!

Se da la vuelta con la silla de ruedas y sale disparado, pero pocos metros después frena derrapando y se da con la mano en la frente.

—¡Mecachis en la mar, me he olvidado el helado! ¡Luisa, prepárame dos de chocolate y nata; date prisa!

81

24

Paolo entra en el ascensor de un viejo y elegante edificio de la calle Dei Mille, cierra las puertas de madera y pulsa el cuatro. No hay espejos y, para mirarse, aprovecha el ligero reflejo sobre el cristal de las puertas; se ajusta la corbata y, como siempre, se atusa el mechón a un lado.

El ascensor llega a la planta; la puerta del apartamento está entreabierta, empuja con cautela y entra en el salón. En voz baja y con aire humilde saluda:

—Buenos días.

Nadie responde. Se abre paso entre las personas y el humo de cigarrillo, y sigue por el pasillo.

—Paolo —le susurra una señora que lleva en la mano una bandeja llena de vasitos de café—, me alegro de que hayas venido. Soy la tía de Giorgia, ¿te acuerdas? —Le atrae para darle dos besos en las mejillas.

Paolo tiene la mirada vacía. Evidentemente no la recuerda.

—Claro, cómo no. La tía.

—Giorgia está fuera, en la terraza de la cocina. ¿Quieres un café?

—No, no, gracias.

Cuando entra en la cocina, la ve de espaldas; lleva un traje de chaqueta oscuro y zapatos de tacón. Está fumando. Paolo siente que el corazón se le sale del pecho y empieza a sudar. Coge fuerzas y sale a la terraza.

—Hola, Giorgia. —La voz le sale a duras penas.

Ella se vuelve.

—Hola, Paolo. ¿Qué haces aquí? —Mantiene el cigarrillo a un lado y le da dos besos en las mejillas.

—He leído lo de tu abuela en las necrológicas y he pensado en venir a darte el pésame.

—Gracias, eres muy amable. —Da una calada—. Ha ocurrido de repente —añade con la voz rota.

—Bueno, de repente... En fin, era de esperar... —le dice Paolo con delicadeza.

—¿Qué quieres decir?

—O sea, que es normal que...

—Sí, bueno, está claro que antes o después todos tenemos que irnos —responde, un poco irritada—. Para ti todo es previsible.

—No, quiero decir..., ¿cuántos años tenía la abuela?

—Ochenta y cinco.

—Bueno, no son pocos.

—¿Por qué, son muchos? —Giorgia se pone rígida.

—Pues ochenta y cinco..., es previsible que...

—¿Qué? —Giorgia da una fuerte calada al cigarrillo. Paolo se da cuenta de que se está atascando y cambia de tema.

—¿Has empezado a fumar?

—Sí, hace poco... —responde ella, turbada.

—Desde que estás con Alfonso —suelta Paolo, que siente que un pinchazo le atraviesa el estómago.

Ella baja la mirada. Él se siente aún peor.

—Adiós, Giorgia. Nosotros nos vamos, nos vemos mañana en el funeral. —Una pareja de ancianos sale a la terraza.

—De acuerdo.

Giorgia los besa.

—¿Este es tu novio? —pregunta la señora.

—No... —responde Paolo, incómodo.

—Sí —le interrumpe ella.

—Encantada, yo soy prima de la mamá de Giorgia.

—Encantado, señora —dice Paolo estrechándole la mano.

—¿Y habéis fijado ya la fecha de la boda?

—Pues la verdad...

—En diciembre —interviene Giorgia.

—Bueno, aún queda bastante tiempo —apunta Paolo.
Los ancianos se van. Él interroga a Giorgia con la mirada.

—Perdona, pero todavía no he dicho nada en casa.

—Ah, todavía no has dicho que nosotros… —Un rayo de esperanza le enciende una sonrisa imperceptible—. Pero ¿por qué en diciembre? —pregunta.

—¿Por qué?

—Sí, no sé, normalmente uno se casa en julio, en septiembre, pero en diciembre, con la Navidad…

—El verano ha pasado de moda, ahora se lleva diciembre. Mis amigos Antonio y Maria Montefusco se casaron el 26 de diciembre.

—¿En San Esteban? No lo sabía.

—De todos modos, perdóname, Paolo, pero aún no he encontrado el momento de decirlo en casa. Luego ha ocurrido esto de la abuela…

—Claro. —Paolo asiente, comprensivo— Pero ¿con Alfonso…? ¿Eres feliz?

—Mira, Paolo, me equivoqué. Lo sé. No tuve valor para decírtelo antes. No conseguía separarme de ti.

—¿De decírmelo antes? —Paolo acusa el golpe—. Pero ¿cuánto hacía que tenías esa relación?

—Poco.

—¿Poco? ¿Cuánto Giorgia?

—Seis meses.

—¿Seis meses? ¿Y te parece poco?

—¿Por qué, acaso es mucho? —le pregunta ella con los ojos llenos de lágrimas.

—¡Tú sabrás! —Paolo se altera.

—Está bien, Paolo; te lo ruego. —Apaga la colilla del cigarrillo en la tierra de una maceta de romero.

—Giorgia, me voy. Hablamos luego. —Una señora de moño gris y un cómico sombrerito gris se asoma a la terraza.

—De acuerdo, hasta luego, tía. —Le da un beso en la mejilla.

—Y no te pongas así, por favor —le dice la señora al verle los ojos llenos de lágrimas—. ¿Este es tu novio?

—La verdad…

—Sí, tía —le interrumpe de nuevo Giorgia.

—Anima un poco a esta niña, no puedo verla con esta cara.

—Claro, señora. —Paolo esboza una sonrisa forzada y asiente con la cabeza.

—Bueno, pero ¿se puede saber dónde vais a hacer la recepción de la boda?

Paolo no sabe qué responder.

—En el Club de Tenis —interviene Giorgia.

—Ah, muy bien. Hasta la vista, chicos.

En cuanto la tía vuelve adentro, Paolo la mira de nuevo, sin entender nada.

—¿En el Club de Tenis? Pero ¿no sería mejor un hotel, un *roof garden*?

—Andrea e Ilaria Consoli se han casado en el club Canottieri de la calle Partenope.

—No lo sabía. —Se quedan en silencio unos instantes—. De todos modos te he preguntado por Alfonso —insiste Paolo, con delicadeza.

—Alfonso y yo estamos yendo despacio —prosigue ella—. Nos estamos conociendo desde hace poco.

—¿Cómo? Has dicho que seis meses.

—Sí, pero antes era algo clandestino; ahora es diferente. Él ha dejado a su mujer. Y además, no quiero que acabe como acabó contigo. Paolo, tú dabas todo por descontado, no tenías atenciones. Y el error también fue mío, que te lo permití.

Un hombre con canas, traje, chaleco azul oscuro y caminar inseguro sale a la terraza.

—Hola, Giorgia. —Mira a Paolo y duda—. Él es...

—Sí, soy el novio. Nos casamos el 25 de diciembre en el Club de Tenis. ¡¡Si tiene una raqueta, llévesela que jugaremos con pelotas de nieve!!

El hombre se queda estupefacto, luego se despide con un gesto de la mano y se va.

—¡Perdona, pero estos parientes tuyos son verdaderamente agobiantes!

Giorgia estrecha la barandilla con sus manos y mira hacia abajo, a la calle. Dos tipos están peleando por un aparcamiento.

85

—¿Vivís juntos? —le pregunta Paolo y, mientras espera la respuesta, también él estrecha con fuerza la barandilla.

—No, vivo sola. Él se ha cogido en alquiler un pequeño apartamento. —Giorgia se seca las lágrimas con los dedos y sonríe—. Es extraño vivir de nuevo sola, después de tanto tiempo. No sé hacer nada. Tengo todavía sin montar todos los muebles de Ikea.

—¿De Ikea? ¿Tú? Todavía estoy pagando todos esos plazos de los muebles…

—Es algo provisional.

A Paolo se le encoge el corazón. Siente un enorme deseo de abrazarla, besarla y protegerla. Sin duda, también fue culpa suya. Ahora se da cuenta.

—¿Y Alfonso no puede ayudarte? —susurra él.

—Ya te lo he dicho, no quiero llegar enseguida a la confianza y a la costumbre; luego se estropea todo. Voy despacio, Paolo. —Giorgia le mira a los ojos y cede ante un momento de debilidad—. Ayúdame tú.

Paolo se estremece. Esperaba con todo su corazón que Giorgia se lo pidiera. Tiene que hacer un gran esfuerzo para no llorar de felicidad.

25

*E*l número de alumnos ha aumentado sorprendente-
mente. Las cinco filas de sillas del aula están llenas de
hombres de todas las edades.

—¡Un poco de orden! —reprueba la asistente rolliza—.
Cuantos más sois, menos almeja hay en el mercado, mal-
ditos seáis —dice para sí.

Valeria se ahueca el pelo con las manos y sube al estrado.

—Quiero presentaros a alguien —sonríe—. Muchos
de vosotros estáis aquí porque habéis leído sus artículos.
Él es Paolo De Martino. Paolo, ven aquí.

Un aplauso le acompaña hasta el estrado.

—Gracias —dice abotonándose la chaqueta, turbado.

—Paolo nos acompañará durante todo el seminario.

Él asiente con una ligera inclinación y hace ademán de
bajar.

—No, quédate aquí, Paolo. Vamos a hacer un ejercicio.

Él siente que se queda pálido.

—Veamos, las chicas guapas, las que os interesan, no
están nunca solas, sino acompañadas por una amiga más
feíta o por otros chicos. Por favor, Luca y Eduardo, vosotros haréis de chicas —añade señalando a dos chicos que
están sentados en la primera fila.

Se oyen una serie de silbidos de admiración; el chico
rubio y el delgado del *piercing* suben al estrado haciendo
una inclinación a la sala.

—Fingiremos que Luca es una chica diez. —Entre las
risas de los estudiantes, el chico rubio adopta una postura

de vampiresa—. Por el contrario, tú, Eduardo, serás una chica cinco. —Él pone cara de desilusión—. Paolo, naturalmente, tu objetivo es Luca, la chica diez. —Le apoya una mano en el hombro—. Estáis en un local, muéstranos cómo te acercarías.

Paolo se siente completamente paralizado. No sabe en absoluto por dónde empezar.

—Te daré una historia de acercamiento —sugiere Valeria—. Por ejemplo, puedes pedirle una opinión femenina, del tipo: «¿Es verdad que las mujeres mienten más que los hombres?»

—¿De verdad tengo que preguntar esa tontería? —replica él abriendo los brazos, desmotivado.

—¿Cuándo dejarás de juzgar, eh? ¿Cuándo vas a lanzarte? ¿De qué quieres hablar con dos chicas en un local? No significa que sean estúpidas, sino simplemente que están ahí para divertirse y decir bobadas.

Valeria se aparta a un lado. Paolo se arma de valor y, bamboleándose, se acerca a Luca, su chica diez.

—Hola, perdona… Querría preguntarte una cosa. —Respira—. En tu opinión, ¿las mujeres mienten más que los hombres? —La voz le sale monótona.

—Yo que sé —responde el otro, molesto.

—Ya, claro —dice Paolo, nervioso.

Y la conversación concluye ahí. Valeria vuelve a su posición.

—Bueno, veamos qué errores ha cometido Paolo —interviene—. Antes de nada, la primera equivocación ha sido acercarse directamente a su objetivo, la chica más guapa. ¡Error! ¡Nosotros somos artistas del ligue! ¡Nosotros somos la excepción! A la chica guapa se le habrán acercado centenares de veces, sus defensas están altísimas, y, claro, Luca le ha mandado a freír espárragos. —El chico sonríe—. Luego, segundo error: Paolo ha dicho «perdona». Esto os coloca en una posición de necesidad. Estáis diciendo vosotros solitos que no valéis nada y os excusáis por la molestia. ¡Nunca se pide perdón! Mirad cómo se hace… —Valeria se acerca a los dos chicos dando la espalda a Luca y suelta—: Chicas, una opinión rápida: ¿las mujeres mienten más que

SIETE HORAS PARA ENAMORARTE

los hombres? —Mira fijamente a Eduardo, que no se decide a dar una respuesta— ¡Eh! No tengo toda la noche, tengo que volver con mis amigas —añade Valeria.

—No sé, yo creo que sí —dice él.

—Entonces, ahora me estás mintiendo. —Valeria hace una mueca de burla.

Eduardo sonríe.

—Nosotras qué sabemos, perdona —interviene entonces «ácida» Luca.

—¿Tu amiga se entromete siempre cuando hablas? —le pregunta Valeria a Eduardo—. Yo tenía una ex que lo hacía. Ya no la aguantaba. Era aries. ¿Tú de qué signo eres? Espera, no me lo digas. ¿Aries? —La clase escucha, fascinada—. Y continuáis así chicos, ¿está claro? He aquí cómo hemos entrado en conversación con nuestro objetivo, partiendo de un falso desinterés. Es esto lo que crea atracción. —Valeria mira a Paolo, que está apartado; luego otra vez a la clase—. ¿Habéis notado que he dicho que tenía que irme con mis amigas? ¿Recordáis? Preselección. Yo tengo «amigas» que me esperan, no soy un desgraciado que va por ahí intentando ligar. Jugad, divertíos, tomadles el pelo, irritadlas. Eso es lo que las mujeres quieren. Gracias, Paolo, por habernos mostrado todo lo que no debe hacerse —añade mirándolo.

La clase estalla en una carcajada. Tímidamente, él baja del estrado.

—¡**A**diós, chicos! ¡Nos vemos mañana! —Valeria se despide de sus alumnos, que abandonan el aula.

—¡Adiós, Valeria! ¡Eres un ángel, nuestro ángel! —grita uno desde el fondo.

—Tú también eres el mío —responde ella entre risas.

Paolo sigue sentado, apoyado en el estrado. Cansada, Valeria se sienta a su lado.

—Bueno, somos un buen equipo, ¿eh?

Paolo no da especiales muestras de alegría.

—¿No te habrás enfadado, no? Los chicos han apreciado que te hayas prestado al juego.

—Mira, a mí no me gusta que me metas en medio; yo me ocupo de otras cosas. Antes me dedicaba a la economía, a las bolsas y ahora, sin embargo, ¿tengo que ir tras los bolsitos de inútiles chicas de bar?

Valeria le mira de arriba abajo; luego se levanta, molesta.

—Claro, tú eres un periodista serio. Escribes sobre finanzas, mejor dicho, escribías. —Le da la espalda y se va.

Paolo siente que la sangre le hierve en las sienes, de un salto la alcanza y la agarra de un brazo, obligándola a volverse.

—Mira, yo no estoy jugando; no puedes ponerme en ridículo así, delante de todos.

—Entonces no lo hagas tú tampoco.

Paolo le suelta el brazo.

—¿Qué quieres decir?

—Digo que eres tú el que me mira como si fuera una idiota, como si solo dijera tonterías. Yo les he cambiado la vida a muchas personas, que me lo agradecen; sin embargo, tú me miras por encima del hombro. ¿Eres un periodista? Perfecto. Entonces, haz bien tu trabajo, tómate esto en serio... Para mí es algo serio. Y, si no, lo dejamos.

Paolo no sabe qué replicar, Valeria se da la vuelta de nuevo y se dirige a la puerta.

—¿Todo bien, tesoro? —La asistente se asoma a la sala.

—Sí, Angelica. Está todo bien, ¿cierras tú aquí, por favor?

—Claro, guapa.

Valeria sale del aula sin detenerse. Paolo se pone la bolsa en bandolera y la sigue, ante la mirada torva de Angelica.

—Ándate con ojo, que te vigilo —le dice ella señalándole.

Paolo asiente y corre detrás de Valeria.

—Demonios, y te llamas Angelica —dice murmurando—. ¡Espera! —exclama al salir por la puerta.

—Es tarde, tengo que ir a hacerme las fotos para la portada. —Valeria pulsa el botón de llamada del ascensor.

Paolo la alcanza en el descansillo. Entonces ella se dirige a la escalera y empieza a bajar con paso decidido.

—Me lo ha dicho Enrico —dice él siguiéndola—. Te van a dar la portada del número del aniversario de la revista, ¿no?

—Exacto, es dentro de un mes.

—Organizarán un acto para celebrarlo.

Valeria abre el portal y camina bordeando los parterres y las palmeras de la plaza de San Luigi. Paolo la sigue.

—¿Adónde vas?

—A Licola, cojo un taxi.

—Te llevo yo.

Valeria se detiene, Paolo saca las llaves del bolsillo.

—Así pues, seguimos escribiendo el artículo. —Pulsa el mando a distancia; los faros se iluminan y se levantan los seguros del Punto Star que está aparcado cerca.

Valeria se queda parada con los brazos cruzados, no se decide. El cielo se nubla con rapidez y empiezan a caer gruesas gotas. El aire se impregna inmediatamente de olor a hierba mojada.

91

—Tengo un chubasquero en la bolsa. ¿Lo quieres? —Paolo saca de la bolsa un impermeable hecho una pelota.

—¿Por qué llevas un impermeable en la bolsa? Hasta hace un minuto hacía sol.

—¡Lo llevo siempre, hay que ser previsor!

Valeria niega con la cabeza y se acerca al coche, abre la puerta y sube. Paolo hace lo mismo, mete la llave, acciona el limpiaparabrisas, mete la marcha atrás y arranca.

—Dele, jefe; dele. —El tipo del aparcamiento le ayuda con la maniobra—. Gire. Gire. Enderece. Enderece. Gire. Ya está. Ya sale.

Paolo mete entonces la primera. «Toc, toc.» El «aparcacoches» le da unos golpecitos en la ventanilla, que está llena de gotas.

—Jefe… —Le extiende la palma de la mano mojada.

Paolo baja el cristal.

—Pero ya le pagué antes. Pagué por el aparcamiento y a usted por la vigilancia.

—¿Y no me va a dar nada por la maniobra?

Paolo, resignado, se mete la mano en el bolsillo y busca unas monedas.

—Hola, Gennaro. Toma. —Valeria se anticipa y le pasa una moneda.

—¡Eh, Valeria! No te había visto —dice el hombre, inclinándose para mirar dentro del habitáculo—. Haberlo dicho antes. Nada, nada, está bien así; no os preocupéis. De ti no lo puedo coger. ¡Cuando recojas el coche ya sabes que tu sitio sigue aquí, Valè! Para ti es gratis, ya lo sabes. ¡Gracias a ti me casé!

—¡Uy!, aún falta para que me den el coche. Me lo destrozaron —responde ella riendo—. Adiós, Gennà.

Paolo mira de reojo al tipo y arranca.

27

—Así, muy bien. ¡Dame los ojos, dame los ojos! ¡¡Magnífica!!

En una carpa preparada como estudio fotográfico en Licola, un pueblo de la provincia de Nápoles, Valeria, sentada en un cubo fucsia, posa para las fotos de la portada de *Macho Man.* El flash que se activa tras una sombrilla blanca le ilumina la cara a cada disparo.

—Un poco más de tres cuartos… Levanta la barbilla… ¡Preciosa!

Adosados a la pared hay dos largos percheros llenos de ropa de Armani.

—Una más. Colócale ese mechón —ordena el fotógrafo con ademán resuelto al peluquero.

Este sube por la tela blanca, con cuidado, para no dejar pisadas con los zapatos, y le coloca bien un mechón de cabello negro que le cae en la frente.

—¡Eso es, ahí está! —exclama el fotógrafo, y otro rayo de luz ilumina los oscuros ojos de Valeria.

—Hagamos una pausa para cambiar el decorado y el vestido. Son las ocho. Un poco de paciencia, que dentro de una horita ya habremos acabado. Ahora mandamos a alguien a comprar una pizza.

Valeria se levanta del cubo y se acerca a Paolo, que está en un sillón, con el portátil sobre las piernas.

—Es tu ex, ¿verdad? —le pregunta Valeria mirando el perfil de Facebook de Giorgia.

Paolo se inclina hacia delante para cubrir la pantalla.

—En la revista me contaron lo que pasó. Ahora está con tu exjefe, ¿no?

—¿Y ellos cómo lo saben?

—No lo sé, se lo habrá dicho alguien.

Paolo lo piensa un poco.

—¡Ciro! Lo sabía. Es increíble, siempre tiene que meterse en todo. —Se pone rojo de rabia—. En cuanto le dices una cosa… Solo un periodista podía hacer eso.

Valeria sonríe.

—Bueno, no es algo de lo que avergonzarse. Son cosas que pasan. —Se sienta en el brazo del sillón, junto a él.

Paolo vuelve a apoyarse lentamente en el respaldo. Resopla.

—Nos vimos hace dos días. Me dio a entender que todavía tengo posibilidades.

—Apuesto a que te ha pedido que la ayudes a hacer la mudanza a su nueva casa —le suelta Valeria a bocajarro.

Paolo se queda sin palabras. Luego le contesta, algo ácido:

—La verdad es que no: me ha sugerido que la ayudara a montar los muebles de Ikea.

Valeria se acomoda y pasa un brazo por el respaldo del sillón.

—Pero ¿por qué dais siempre otro significado a las cosas? En el fondo es fácil, basta quitar el audio. —Se quita un zapato y se masajea el pie.

—¿Qué quieres decir?

—Que basta quitar el audio y juzgar a las personas simplemente por sus actos, por cómo se comportan.

En ese momento aparece el simbolito rojo de la llegada de mensajes en la página de Paolo.

—Me ha escrito Giorgia, está en el chat —dice, y se centra en la pantalla.

—Déjame leerlo. —Valeria le aparta: «En casa sola, ya en pijama, en la cama»—. ¿Qué quieres responderle? —le mira fijamente.

—Que paso justo después de las fotos, está claro.

Valeria niega con la cabeza.

—No lo hagas.

94

—Pero ¿qué dices?

—No lo hagas, es solo un TDP.

—¿Un qué?

—Un TDP, un test del pito. Las mujeres los hacemos siempre.

—Pero ¿quieres parar ya con esas idioteces pseudo-científicas? Voy a ir, está claro que quiere verme —afirma, y se pone a teclear con rapidez.

«Estoy ahí dentro de una hora. Podemos montar los muebles.»

Valeria se lleva las manos a la cara en un gesto de horror.

La respuesta no se hace esperar y llega pocos segundos después.

«Esta noche estoy demasiado cansada. Mañana me levanto pronto. Lo dejamos para otro día.»

Paolo observa la pantalla con cara de tonto. Luego mira a Valeria, que se está quitando el otro zapato y se levanta del sillón.

—¿Qué te había dicho? Era solo un test del pito. Los hacemos solo para ver si seguimos ejerciendo poder sobre una persona. Es una necesidad narcisista que tenemos. En cuanto nos hacemos con la confirmación, pasamos a otra cosa, a algún desafío más interesante.

Paolo se hunde en el sillón, Valeria suspira y se pone a teclear.

«Muy ocupado en estos días, nena. No te hagas pupa con la llave macho. Buenas noches.»

—Pero ¿qué estás escribiendo? Yo no hablo así.

Valeria corta la conexión y cierra la pantalla.

—Pero ¿qué haces, te has vuelto loca? —Paolo vuelve a abrir el ordenador.

—Dentro de unos segundos te llamará.

—¿Qué?

—Deja ya el ordenador. —Se lo quita de las manos.

—¡Tú no estás en tus cabales! Dámelo.

Suena la BlackBerry, Paolo deja el ordenador y se mete una mano en el bolsillo.

—Es Giorgia —dice, estupefacto mirando la pantalla—.

Diga —responde—. No, me he quedado sin línea. Estoy en un sitio con poca cobertura...

Valeria le arranca el teléfono de las manos y cuelga.

—Pero ¿quieres parar? ¡Estás completamente loca!

—Escucha —le dice mirándole a los ojos—. Reconquistar a una ex es lo más difícil del mundo. Si tu mujer te ha dejado, significa que no has demostrado suficiente valor, y alguien con más valor que tú se la ha llevado. Lo único que puedes hacer es desaparecer un tiempo ¡y volver como un hombre nuevo! Cambia de aspecto, de actitud, de coche, de decoración. ¡De todo! Vuelve a presentarte ante ella como si fueras otro. Pero has de saber que es mucho más difícil reconquistar a una mujer para la cual ya no tienes valor que empezar de cero. Así es que, si verdaderamente te importa esa chica, ¡échale huevos y mueve el culo!

28

*P*aolo los llama a todos.

Enzo, de los barrios españoles, le hace un corte de pelo desfilado que cubre con una enorme cantidad de Super Resistent, un gel compuesto de cera, espuma y brillantina.

—Cuando te vayas a la cama, el pelo puede que te agujeree la almohada, pero desde luego no se te va a descolocar ni un milímetro.

Luego llega el turno de Gustavo, que le hace comprar un par de vaqueros rotos, una camisa de seda color antracita, tres camisetas de cuello de pico ajustadísimas y dos chaquetas de piel, una negra y una roja.

Llama a Alessandro Zirpoli, el entrenador personal, para un plan de entrenamiento a medida, y a Adele, que le somete a una serie de sesiones de bronceado.

—Marinero, qué guapo estás. ¡Pareces un tunecino!

Piensa también en llamar al urólogo, pero luego, al recordar las diapositivas del tipo sin posaderas, desiste.

Compra en una librería una serie de manuales sobre seducción, sexualidad, lectura de la mano y juegos de sociedad.

Se ve cien veces *Top Gun* y *American Gigoló*, hasta que consigue imitar perfectamente la sonrisa canalla de Tom Cruise y la fanfarronería de Richard Gere.

Da su viejo Fiat Punto Star a cambio de un casco; vende el sofá circular Cappellini a una joven pareja de recién casados y se compra una Ducati Monster Dark 600.

Hace dieta, se deja un hilo de barba y se somete a un curso particular intensivo con Valeria.

—El macho alfa camina con la espalda derecha, el pecho hacia fuera y el cuello erguido, que no se hunda en los hombros. ¡Estírate, Paolo! ¿No te das cuenta? Estás todo jorobado. —Valeria le imita—. ¡Y sonríe a todas las mujeres que veas por la calle!

—¡Es que me siento ridículo!

—Tienes que hacerlo, Paolo. Sonreír a las chicas te ayuda a superar la angustia del acercamiento.

Después de haber recibido varias miradas reprobadoras, como si fuera un pervertido, diversos tacos y el puño amenazante de un novio celoso, con la primera sonrisa que le devuelve una rubita en la sección de congelados de un supermercado, Paolo empieza a sentirse más seguro.

—Invéntate una serie de historias de acercamiento y ensáyalas frente al espejo.

—Pero ¿qué puñetas estoy haciendo? Parezco un cabaretero. —Paolo se derrumba en una silla.

—Paolo, un artista del ligue es también un cabaretero. Diviértete, tómales el pelo, provócalas. ¡Vamos, prueba otra vez!

Valeria le obliga a levantarse.

—Aprende a dirigirte a las chicas llamándolas «muñeca», «tesoro», «nena»; a decir: «Tú eres mi amiguita»; o: «Tú eres mi hermanita». ¡Contacto, Paolo; contacto! ¡Tócalas, no blando, pero tócalas! Abrázalas, juega físicamente. Siéntalas en tus piernas. Solo los desgraciados no las tocan nunca y, luego, cuando las acompañan a casa después de la primera cita, intentan besarlas. Dan pena. Tú eres la excepción. ¡Tú eres un artista del ligue!

Valeria le apremia.

En un descanso, sentados a una mesa de un bar en un centro comercial, Valeria aliña una ensalada de pollo y queso parmesano mientras él bebe un zumo de naranjas rojas.

—¿No tienes hambre? —le pregunta ella moviendo las hojas verdes.

Él niega con la cabeza y mira hacia el escaparate de una tienda de muebles de diseño.

—¿Qué miras?

—Esa tienda, Giorgia se volvía loca con ella. La mayoría de los muebles los compramos ahí.

Valeria le sonríe con ternura.

—Si siguiéramos juntos, sin duda ya habríamos venido a comprar otra pieza.

—¿Qué habríais comprado?

Paolo sigue mirando el escaparate, pensativo.

—No lo sé. Era Giorgia la que tenía gusto para esto —contesta, y toma un sorbo de zumo rojo.

—Estás aprendiendo unas técnicas con las que podrías ligarte a una cantidad indescriptible de mujeres y sigues pensando solo en ella. Mis estudiantes hacen apuestas a ver quién se lleva más a la cama.

Paolo aparta la mirada del escaparate y la mira fijamente.

—Imagínate: cuando era pequeño, mis animales preferidos eran los pingüinos; incluso tenía uno de peluche. Son cómicos, se tiran siempre al agua y son monógamos: eligen una compañera y esa es para siempre.

—Pero tú no eres un pingüino, eres un hombre macho, y los machos normalmente prefieren la novedad, el sexo con mujeres siempre nuevas y diferentes. —Valeria se ríe.

—Yo no puedo.

—Ya verás; cuando seas más dueño de las técnicas, podrás… Vaya que si podrás.

—Sin embargo, yo creo que es muy bonito encontrar a alguien que te gusta y hacer el amor siempre con esa persona. Más aún; cuanto más la conoces, más bonito es. El sexo con alguien que conoces no para de mejorar. Yo soy un pingüino. —Se balancea en la silla y pone las manos como si fueran dos aletas.

Valeria le mira a los ojos y sonríe, pero esta vez no hay ternura en su mirada.

—Vamos, pingüino, sigamos con el entrenamiento. Cuando se colocan el pelo, cuando ríen tus gracias, cuando te tocan el brazo, te están lanzando señales: son los «indicadores de interés». Quiere decir que vas bien y se sienten atraídas por ti.

Paolo se frota la cara, cansado.

—En las conversaciones no hagas preguntas, porque no es estimulante. Por ejemplo, si le preguntas: «¿A qué te dedicas?», y ella te responde: «Soy arquitecta», la conversación no fluye. Si tú le dices: «Me da la impresión de que eres profesora», ella te dirá: «¿Y por qué piensas eso?» «Bueno, porque pareces un poco sabionda…» Así la conversación prosigue. Venga, vamos a probar.

Paolo se entrena día y noche, en centros comerciales y en librerías, en discotecas y en fiestas privadas; se hace amigo de los camareros de los locales más frecuentados y se aprende los nombres de todos los gorilas de los bares musicales de Nápoles.

—Hacerte amigo suyo te da categoría social. Así resultas atractivo y sociable, y, sobre todo, no haces cola y no pagas las copas.

Suena el teléfono de Paolo, en la pantalla aparece el nombre de Giorgia. Valeria le mira seria apuntándole con el índice.

—¡No contestes!

Paolo, con desgana, vuelve a metérselo en el bolsillo.

—Cómprate un accesorio excéntrico. No sé…, unas gafas enormes, una pulsera llamativa, un anillo vistoso, lo que quieras con tal de que llame la atención.

—¿Y para qué?

—Se llama «teoría del gallo». Te hace destacar, crea tema de conversación, se lo puedes poner a ella y luego tiene que devolvértelo. Quizás al día siguiente. Es una buena excusa para volverse a ver. ¿Te acuerdas de aquel alumno que llevaba un sombrero de vaquero cuando nos vimos la primera vez? Juega, juega, juega.

—Vale, juego.

—Ah, y lo más importante: ¡no te masturbes! Te baja la carga sexual.

Paolo baja la mirada, apurado.

29

*P*aolo, con el pelo a mechones despeinados, una camiseta fina de hilo, chaqueta de piel y vaqueros rotos, sube al estrado, donde está Valeria, sentada en una silla.

—Solo un minuto, porque tengo que dar de comer a mi gato, pero necesito una opinión femenina —le dice mientras coge otra silla y se sienta a su lado—. A la carbonara…, ¿tú también le pones nata? —añade bajando el tono de voz.

Se oyen risas de los alumnos en el aula.

—¿Por qué me preguntas eso? ¿Te ha dejado tu novia? —Valeria trata de ponerle en dificultades.

—Sí, siempre me dejan todas, siempre. No soportan mi trabajo.

—¿Por qué? ¿Qué haces?

—Soy *stripper*.

La clase estalla en una carcajada.

—Pues comiendo carbonara no creo que seas gran cosa como *stripper* —le pincha Valeria.

—Es que la carbonara era para *Gigi*.

—¿Y quién es, tu mejor amigo?

—No, mi gato. Yo, sin embargo, solo como latas.

Los estudiantes se ríen aún con más fuerza y aplauden.

También Valeria, que, aunque lo intenta, no logra contenerse.

—Tú me recuerdas mucho a él —sigue Paolo.

Otra carcajada en el aula.

—¿Ah, sí? —Valeria, divertida, se ríe ya abiertamente.

—Sí. —Le coge una mano—. Tenéis las mismas uñas. ¿Tú también te las afilas en el sillón de casa?

Más carcajadas. Valeria llora de risa.

—Déjame ver. —Se roza la cara con las uñas de Valeria. Luego se para de golpe—. ¿Qué perfume usas? —Le huele la muñeca—. Espera, no me lo digas. Es el mismo que usaba Caterina, mi ex.

—¿Ah, sí?

—Pues sí. Fue una relación pésima. Nos peleábamos sin parar. Está claro que tú y yo nunca podremos estar juntos. Como mucho, podrías ser mi mejor amiga.

Valeria deja que siga oliéndole la muñeca. Paolo lo hace despacio, aspirando con delicadeza y profundamente. Luego, se pone serio.

—¿Qué te parece el mío? —Le ofrece el cuello.

Valeria inspira también despacio y deja que el olor de Paolo entre en su nariz. En el aula se hace un silencio insólito. Los ojos de los dos se encuentran. Hay electricidad en el aire. Valeria aparta la mirada con una turbación que Paolo percibe.

102

—Bueno, no está mal. ¿Qué es? —le pregunta ella, bajito.

—No lo sé, se lo he cogido a mi gato.

Valeria y la clase vuelven a reír.

—Oye, amiguita, ahora tengo que irme. Dame tu teléfono y así me dices si a la carbonara le pones nata o no.

—¡Vale, tómalo!

Entre los estudiantes estalla una gran ovación.

Valeria se le acerca y le susurra al oído:

—Estás listo para recuperarla.

Paolo sonríe a la clase y hace inclinaciones de agradecimiento.

Valeria sigue mirándole con una sonrisa que, sin embargo, no le llega a los ojos.

—*S*e llaman DA: dardos ácidos —le dice Paolo mientras pasean por un centro comercial.

—¿Y qué son? —le pregunta Ciro relamiendo las gotas de chocolate que caen por el cucurucho de un helado.

—Cuando te gusta una chica guapa que está con un grupo, tú, Ciro, tienes que fingir que ni la ves; te pones a hablar con sus amigas feas y luego le tiras un dardo ácido, o sea, le dices algo que la irrite.

Ciro le mira y sigue lamiendo el helado.

—¿Ves aquel grupo de chicas de allí? —Paolo le indica tres chicas paradas frente a una tienda de ropa—. Hay dos bajitas monas y luego la del pelo rizado, más alta y más guapa, ¿las ves?

Ciro asiente con la cabeza, una gota de helado empieza a bajarle por el brazo.

—Ciro, yo te quiero ayudar, de verdad, pero hazme el favor, deja ese helado ya. O ligas, o comes.

Ciro se mete el cucurucho entero en la boca y se lo traga.

—Ligo —dice con la boca llena.

—Ahora tienes que ir hasta allí con una historia de acercamiento. Por ejemplo, que tienes que hacer un regalo a tu hermana y necesitas una opinión femenina; hablas con las bajitas y ni consideras a la del pelo rizado. ¿Me sigues, Ciro?

—Te sigo.

—Luego, como ella interviene un poco antipática porque tú no la has considerado, le lanzas un dardo ácido. Por ejemplo, le dices que no te interrumpa. ¿Está claro?

—Muy claro, Paolo. Pero ¿estás seguro de que esto funciona?

—¡Funciona, Ciro! Nuestro objetivo con las chicas guapas es hacerlas bajar del pedestal. Hay que tocar su autoestima. Arañar su seguridad. ¿Comprendes?

—Comprendo.

—¡Pues adelante!

Ciro se limpia las manos en el pantalón color caqui y, sin pensárselo dos veces, sale pitando con sus pies de pato, oscilante como los obesos.

—Chicas, tengo que hacerle un regalo a mi hermana; dadme un consejo femenino. ¿Qué le puedo comprar? —pregunta a las dos chicas más bajas dando la espalda a la otra.

—¡Depende de cómo sea tu hermana! —interviene enseguida la más guapa, la que se siente ignorada.

—¡Tú cállate, guarra!

—¡Pero cómo te atreves, imbécil! —se indigna ella.

—Estás completamente loco, tío. Vete a tomar por culo —le dice luego una de las otras dos. Y se van.

Ciro vuelve con Paolo.

—Pero ¿qué haces, Ciro? Te he dicho irritar, no ofender. ¡La has llamado guarra!

—Entonces no te he entendido, Paolo.

—Ven conmigo, te enseñaré cómo se hace.

Y se dirigen a una tienda de artículos étnicos.

31

*P*aolo pasea entre estanterías llenas de bongos, inciensos, alfombras de colores… Coge un pequeño buda de madera y mira de reojo a su alrededor, en busca de una posible presa. Ciro le observa de cerca con las manos en los bolsillos.

—¡Mira quién está ahí! —Paolo le señala una morena alta y una rubita.

—Pero si son Chiara y Manù —dice Ciro.

—Sígueme.

Paolo deja la escultura mientras se acerca a las chicas. Manù está oliendo un bastoncillo de incienso. Chiara, sin embargo, está ocupada eligiendo unas velas de colores. Paolo observa unos instantes la estantería de los collares y luego se da la vuelta.

—Chicas, dadme un consejo femenino; tengo que regalar un collar.

Las dos se giran y le miran, perplejas; tardan un poco en reconocerle, pero, desde que su aspecto ha cambiado por completo, Paolo está acostumbrado y se anticipa.

—¡Eh, pero si sois nuestras amiguitas! —exclama.

—Ah, hola, vosotros sois los del local de la playa.

—Calla, calla, creo que me acuerdo: Chiara y Manù —dice él, que las señala cambiándoles el nombre, a propósito.

—No, la verdad es que yo soy Manù, y ella es Chiara —precisa la morena, desilusionada.

—Ayudadme a elegir un collar. Yo creo que Manù tiene buen gusto…

—Depende de la persona a quien se lo vayas a regalar —interviene enseguida Chiara.

Paolo apoya un hombro en una estantería y se mete los pulgares en los bolsillos del vaquero.

—Pues, es… especial. Muy especial —dice inspirado—. Te puedes perder en sus ojos… y estar con ella significa estar en un lugar que conoces y a la vez estar en el Paraíso… —Se queda mirando un punto fijo con aire ensoñador.

Ciro arruga la frente y le mira, sorprendido.

—Pero ¿qué coño dices, Paolo? —le dice en voz baja.

Paolo le da un pisotón sin inmutarse.

—¡Guau! —Manù abre los ojos de par en par—. Debe de ser una persona realmente estupenda.

—Sí, lo es —dice Paolo poco a poco.

—¿Qué te parece este? —Manù le indica un collar de coral y bambú con una estrella marina.

—No, demasiado vulgar —le dice Paolo.

—¿Y este? —Chiara le pasa un collar de piedras con un colgante de plata.

—Algo mejor. Y yo que confiaba más en el gusto de Manù. Eres una chica estupenda, nena. Tú me entiendes.

Chiara se retoca el pelo rubio que le cae sobre la frente y sonríe.

Ciro observa la escena, pasmado.

—Pero creo que este es el que gana. —Paolo saca de un expositor un collar de plata india oscura con una perla negra brillante en el centro. Lo levanta en el aire—. Es fuerte, sencillo, luminoso, vistoso pero no excesivo. Es para quien sabe ver más allá. Es justo como la persona a quien tengo que regalárselo. —Se lo pone—. Perfecto —dice mirándose al espejo.

—¿Es para ti? —pregunta Chiara.

—Pues claro, ¿para quién si no, niña mía?

—¡Pero es de mujer!

—¡Tendré un lado claramente femenino! Ha sido un placer volver a veros, chicas —se despide, dirigiéndose a la salida, tras dar una palmada en la espalda a Ciro, que se queda de piedra.

—Esta tarde iremos por ahí a tomar una copa, si queréis pasar nos encantaría —le dice Chiara.

Paolo se gira.

—Esta tarde no puedo, pequeña; tengo que escribir un artículo para mi revista: ¡*Macho Man*! Me ocupo de la crónica de actualidad, no puedo distraerme. Grandes poderes comportan grandes responsabilidades. ¿Quién lo decía? —lo pregunta con una expresión de burla, levantando una ceja e inclinando la cabeza.

Las chicas le miran excitadas sin encontrar una respuesta.

—¡Peter Parker en *Spiderman*! Pero ¿en qué mundo vivís, jovencitas! ¡Ay, Dios mío!

Las dos se ruborizan hasta las cejas, avergonzadas.

—De todos modos, dentro de diez días mi revista cumple seis años y organizamos una fiesta en la playa del Arenile. Una fiesta chulísima. Desde este momento quedáis oficialmente invitadas, pasaros.

—¡Sí, claro, iremos! —dice Chiara.

—Ciro, coge el número de teléfono de nuestras amiguitas; yo voy a pagar el collar —suelta, y se va.

Ciro graba rápidamente los números en su móvil y alcanza a Paolo en la caja.

—¿Te das cuenta, Paolo? ¡Has dicho un montón de gilipolleces y estas nos dan su número de teléfono! Por favor, te lo ruego, yo también quiero ir a esos cursos. ¿Qué hay que hacer para entrar, tengo que realizar un rito de iniciación, un pacto de sangre?

—De acuerdo, Ciro: yo consigo que entres, pero tú tienes que hacerme un favor.

—Lo que tú digas.

32

*P*aolo camina con paso decidido con su nuevo aspecto, estudiado para la ocasión: mocasines de gamuza, pantalones anchos e informales de algodón, camisa de lino celeste abierta hasta el esternón para dejar ver el bronceado y, en el cuello, la cadena de plata oscura india con la perla negra.

Ciro le sigue triunfante sobre sus botas de punta, con vaqueros descoloridos, camisa llamativa de flores y, en la cabeza, un par de deslumbrantes gafas de sol de Dolce & Gabbana.

—He hecho lo que me pediste, me he informado —dice Ciro mientras baja los escalones de madera que llevan a la playa—. Vienen Giorgia y Alfonso. Van a pasar a tomar una copa para celebrar el cumpleaños de Davide Russo, el que te ha sustituido en el periódico; luego se irán todos a cenar al Sbrescia, en Rampe di Sant'Antonio.

Paolo sigue caminando decidido. Ciro va detrás, jadeando.

—Pero ¿estás seguro, Paolo?

—Estoy listo, Ciro. Lo puedo conseguir. Hoy empiezan mis siete horas —anuncia mientras avanza a lo largo de las tablas de madera.

—¿Siete horas?

—Es la regla de las siete horas.

—¿Y qué es eso?

—Puedes llevarte a la cama a cualquier mujer en una media de siete horas desde que te acercas a ella.

—Pero tú conoces a Giorgia desde hace más de tres años.

Paolo se detiene.

—No, Ciro; ese era el viejo Paolo. Esta noche, Giorgia va a conocer a otro Paolo, a uno que la conquistará en siete horas.

Está atardeciendo, una luz anaranjada ilumina la colina del golfo de Nápoles y el maravilloso palacio Donna Anna se refleja en el agua ya oscura. La playa de los Baños Elena está decorada con telas blancas y antorchas. Una agradable música *lounge* acompaña la entrada de los primeros grupos de personas que llegan directamente desde su trabajo con chaqueta y corbata.

Al llegar a la arena, Paolo mira a su alrededor y los ve: sus excolegas están charlando de pie en un cenador. Tal y como le ha anticipado Ciro, también están Alfonso y Davide Russo. No logra distinguir a Giorgia. Observa con más detenimiento y la ve en la cola de la caja del bar.

—Paolo, por favor, no vayamos. Está también Elena Di Vaio, la mujer de Davide Russo. Es mi jefa. Es la jefa de todos. Es la subdirectora del periódico. Es antipatiquísima. Vámonos, Paolo.

Paolo siente flaquear las piernas. Luego se anima, expulsa todo el aire y se lanza hacia el grupo.

—Hola, Alfò.

Alfonso no le reconoce, luego vuelve a mirarle y se queda de una pieza.

—Vaya, Paolo.

—¡Mira quién está aquí! Hola, Paolo —le saluda a continuación Davide Russo con su acostumbrada arrogancia—. ¿Lo ves? Te ha sentado bien alejarte del Dow Jones. Estás hecho un pincel.

—Es verdad, de hecho tú también tendrías que cambiar de aires —responde Paolo, afable—. No te queda ya ni un pelo en la cabeza.

Un par de amigos que están cerca a duras penas logran contener la risa.

Ciro empieza a sudar.

—Chicos, él es un querido amigo mío. Ya le conocéis, Ciro es colega vuestro. —Le pasa un brazo alrededor del cuello.

109

—Ah, ¿trabaja para nosotros? —interviene Elena Di Vaio. La chaqueta de lentejuelas se le abre sobre una camiseta *sexy* que a duras penas contiene el bonito seno bronceado.

—Sí, Ciro está en espectáculos. En mi modesta opinión es el número uno, os aconsejo que le mandéis a Capri Hollywood. —Luego baja la voz y se acerca al oído de Elena Di Vaio—: Tiene posibilidades con Britney Spears.

Ciro se siente morir.

—Pascal Vicedomini no me ha dicho que la Spears fuera a conceder entrevistas —dice ella, muy digna.

—Pero Ciro sabe lo que hace. ¿Verdad, Ciro? —Paolo le da un empujoncito.

Su amigo sonríe mirando al suelo.

—O sea, ¿que tendría usted contacto con la Spears? Ciro..., Ciro... Perdone, ¿cuál es su apellido?

—Iovine —susurra él con un hilo de voz.

—Ciro Iovine —dice ella riendo—. Perdóneme, eh, es que Ciro es un nombre que siempre me ha hecho sonreír. No sabía que teníamos un Ciro en el periódico. Es un nombre tan inusual...

Los otros empiezan a reírse con ella, Davide Russo especialmente.

—Pues Ciro es un gran nombre —interviene Paolo—. Ciro el Grande conquistó Babilonia en el 539 antes de Cristo. Y además viene del antiguo persa Kurush, que significa «señor». Y Ciro es un gran señor. Elena, sin embargo, todos sabemos de dónde viene. —Hace una larga pausa, luego pone la mejor cara de insolencia y prosigue—: de Troya.[1]

El aire podría cortarse con un cuhillo entre el grupo.

—Vamos a beber, Ciro. Me ha entrado sed —dice, y se lo lleva.

---

1. En italiano, «troia» significa «puta». *(N. de la t.)*

—*L*o de siempre, Mirco, dos copas de vino blanco. —Paolo se apoya directamente en la barra del bar sin pedir el *ticket* en la caja.

—¡Hombre, Paolo! Ahora mismo te las pongo. —El barman descorcha una botella de Pecorino.

—¿Cómo se te ocurre decirle eso a Elena Di Vaio? Estoy acabado —exclama Ciro, que se lleva las manos a la cabeza.

—¿Por qué? ¿Acaso no es una zorra?

—Eso aparte, me estaba refiriendo a lo de la entrevista con Britney Spears.

—Tranquilo, Ciro. Ya pensaremos en algo.

Paolo se acerca a Giorgia, que todavía no ha advertido su presencia.

—¿Tranquilo? Me has matado, Paolo.

—Mirco, por favor, mira a ver qué desea beber mi amiguita —dice, y apoya una mano en el hombro de Giorgia.

—¿Quién, yo? —pregunta girándose.

Paolo la mira con cara de granuja. Giorgia se percata.

—¡Dios, Paolo! Es que… no te había reconocido.

—¿Qué tomas, nena? Mi amigo Mirco está esperando.

—Ah…, sí, no sé. Vino blanco está bien.

—¿Vino blanco? Como si fueran todos iguales. Hay vinos y vinos. ¿Tú de qué tipo de vino eres?

—No sé… ¿Un Insolia? —se ruboriza.

—¿Insolia? Mm…, un vino joven con aromas de retama. —Giorgia le mira esbozando una sonrisa—. Una planta demasiado común, la retama —prosigue—. Fácil, que se adapta a todo. Se usa para reforestar. —Mira al barman—. Mirco, dale mis copas de Pecorino. Para ella y para su chico.

—¿Pecorino? Pero ¿qué es, queso?

—Qué graciosa. Yo a esta hora me tomo siempre una copa de Pecorino rallado.

Le pasa una mano por la cabeza, como se hace con los niños.

Giorgia se mordisquea el labio. Mirco le pone las dos copas en la barra.

—Es un excelente vino de los Abruzos. Decidido. Paolo tiene buen gusto.

—Pues gracias. —Ella coge las copas en la mano.

—Me debes una. —Paolo se gira hacia Mirco, ignorándola—. Mirco, ponme otras dos.

Giorgia se queda petrificada unos segundos. Luego hace ademán de marcharse, pero, tras un paso, se detiene y se da la vuelta de nuevo hacia él.

—¿Nos bebemos juntos este Pecorino?

Paolo le sonríe y le coge una copa.

—Vuelvo enseguida, Ciro. —Desliza una mano por la espalda de Giorgia y se aleja con ella.

—Oye, ¿ese tío tan guay es amigo tuyo? —Dos chicas se dirigen a Ciro.

—¿Amigo? ¡Es mi mejor amigo! ¡Mirco, ponles de beber a estas niñas!

Paolo y Giorgia se detienen en la orilla. El sol se ha puesto y en el cielo pueden verse ya las primeras estrellas.

Se oyen las notas relajantes de *Light Through The Veins*, de Jon Hopkins.

Giorgia saca del bolso un paquete de Marlboro Gold y empieza a buscar un mechero entre espejitos, pinturas y monederos.

—¿Has decidido darles una pátina amarilla a tus dientes y tus uñas? Bien, porque te quedará perfecta con los pendientes dorados —se burla Paolo, que da un sorbo a su vino.

Giorgia hace una mueca y le mira.

—¿Y ese collar? Es de mujer —pregunta, y se guarda de nuevo el paquete en el bolso.

—¿Tú crees? Es un collar especial para personas especiales.

—¿Ah, sí? —dice ella maliciosa.

—Sí. Hagamos una cosa: no te lo regalo, pero te lo presto.

—¿Cómo? ¿Solo me lo prestas?

—Sí. Y lo quiero de vuelta, ¿eh? —Paolo se lo quita y se lo pone alrededor del cuello. Los eslabones de plata oscura contrastan con la piel clara de Giorgia.

—¡Eh, Paolo! —Valeria aparece por el horizonte con un ceñidísimo vestido azul cobalto. Su cabello negro se mueve agitado por la brisa del mar. Está guapísima. Se acerca a Paolo hundiendo los tacones en la arena mojada y le abraza por la cintura apoyando la cabeza en su hombro.

—No te encontraba —le dice enfurruñada.

Giorgia cambia de expresión

—Giorgia, te presento a mi amiguita, Valeria.

—Hola.

Valeria la ignora.

—¿Me podrías llevar a casa? —le pregunta mimosa.

—¿Qué pasa, has sido un poco mala y has bebido demasiado? —Paolo la atrae.

—Sí, he sido un poco mala. —Se ríe—. ¿Me vas a dar azotes en el culete?

Giorgia cruza los brazos sobre el pecho, se gira hacia el mar y bebe un sorbo de la copa.

—Claro que te llevo, me despido de mi amiga y nos vamos.

Valeria se pone seria y le coge la cabeza entre las manos.

—Te espero arriba —dice, y le da un largo beso en los labios.

Paolo se queda estupefacto. Luego, cuando justo está a punto de dejarse llevar, Valeria se despega de sus labios y se marcha sin decir adiós.

—¿Quién es? —pregunta Giorgia con una sonrisa forzada.

—Pues… una colega. Trabaja conmigo en la sección que estoy llevando —responde él, fingiendo indiferencia.

—Ah, no sabía que te besabas con las colegas —le responde Giorgia, celosa.

—Era solo un besito de despedida. —Paolo sonríe.

—Mm, es mona.

—Pues sí —dice él con suficiencia.

—¡Giorgia! —les interrumpe la voz de Alfonso.

Está ya todo oscuro y no puede verla de lejos.

—¡Estoy aquí! ¡Ya voy! —grita ella.

—¡Tenemos que irnos a cenar, date prisa!

Giorgia vuelve a mirar a Paolo a los ojos y, tras darle un beso rápido en los labios, se despide.

—Te tengo que devolver el collar —dice antes de irse.

Paolo se queda confuso mirando al mar. Tiene una mano en el bolsillo; la otra sostiene la copa. Oye el rumor de las olas que mueren en la orilla, a pocos centímetros de sus pies. Da un sorbo de vino y, al darse la vuelta para marcharse, se encuentra de cara a Elena Di Vaio. Ella primero le mira con una sonrisa maliciosa y luego se le acerca al oído.

—Adoro a los bastardos como tú. Llámame —dice, y le deja un papel doblado en la mano.

34

A la salida de los Baños Elena, Valeria espera sentada en la Monster Dark 600 de Paolo, con los tacones apoyados en los pedales y el vestido que se le sube mostrando los muslos bronceados.

Alfonso, Davide Russo, Giorgia y el resto del grupo no pueden evitar mirarla.

Al salir, Paolo le da una palmada al gorila de la puerta.

—Vincè, gracias por echar un ojo a la moto.

—Qué cosas dices Paolo, ha sido un placer, ¡así le he echado también un ojo a la niña!

Paolo se monta en la moto.

—Has hecho bien, Vincè. Esta es una traviesa —responde, y le acaricia una pierna sin malicia.

Luego coge el casco integral apoyado en el manillar y se lo pone. Valeria hace lo mismo.

Alfonso aprieta el paso subiendo por la calle Posillipo; detrás de él va el resto del grupo, entre los cuales está Elena Di Vaio, del brazo de su marido, Davide Russo. Giorgia camina mirando a Paolo, embobada, por lo que no ve un agujero entre los adoquines de la acera. Uno de sus tacones se engancha a él, tropieza y, para no caerse, se agarra al espejo retrovisor de un coche.

—Pero ¿dónde has aparcado mi coche, Alfonso? —pregunta enfadada.

—Más arriba, aquí no había sitio. —Él sigue andando.

—Llevo tacones —dice resoplando.

Paolo pulsa el botón rojo de encendido y la música de

los ochenta caballos al arrancar llena el aire. Presiona el pedal del cambio, mete la marcha y, al pasar junto al grupo, reduce.

—Alfò, hazme caso; cómprate una moto, te iría bien. —Mete segunda—. Adiós, Davide. —Le saluda con un gesto de cuernos—. ¡Vamos, nena! —Da gas y sale como una flecha.

Paolo va a toda velocidad por la calle Posillipo; Valeria, detrás, pegada a él.

—¡Has estado magnífica! —Paolo grita por encima del viento y la visera del casco—. ¡La preselección funciona de verdad! ¿Has visto cómo se ha puesto Giorgia cuando me has dado el beso? ¡Estaba muerta de celos! ¡También ella me ha dado un beso!

Valeria se suelta un poco de la cintura de Paolo.

—La regla del gallo ha funcionado también. ¡Ha cogido el collar! —Paolo sigue acelerando—. ¿Ahora qué crees que debo hacer? ¿La invito a cenar? ¿A un sitio romántico? ¿Qué te parece?

—Déjame bajar. —Valeria le da unos golpecitos en los hombros para que se gire—. ¡Déjame bajar!

Paolo reduce la velocidad y se gira.

Ella se levanta la visera.

—No me gusta.

Paolo se aproxima a la acera.

—Corres demasiado, déjame bajar.

—Oye, si quieres voy más despacio.

Valeria baja de la moto y se quita el casco.

—Voy andando, casi he llegado. Lo prefiero. —Le pasa el casco y Paolo se lo pone en el brazo.

—¿Pasa algo, Valeria? —le pregunta con suavidad mirándola a los ojos.

Valeria salta.

—¡Sí, claro, invítala a un sitio romántico! ¡Quizás a un bonito restaurante en la playa, a la luz de las velas!

Paolo niega con la cabeza y no entiende.

—Pero ¿qué he dicho, Valeria?

Ella echa a andar. Paolo la sigue, apoyando un pie en el suelo para no perder el equilibrio.

—Valeria, ¿qué pasa?

La chica se detiene y se da la vuelta con ímpetu.

—¡¡Pasa que escribes los artículos, pero no entiendes una mierda!! —exclama, y sigue andando.

—¡Está bien, entonces dime tú! —Paolo continua siguiéndola, desconcertado—. Valeria, párate un momento.

Valeria reduce el paso, respira hondo y se detiene.

—¿Ella es lo que quieres, no? —le pregunta con tono profesional.

Paolo la mira dubitativo.

—No olvides que ha preferido irse con otro, así es que no hagas lo que hubieras hecho antes. Ella quiere al nuevo Paolo. Invítala a salir, pero sorpréndela, rompe los esquemas.

Paolo asiente con la cabeza.

Valeria le toca un brazo.

—Lo has hecho muy bien esta noche. —Sonríe—. Has estado genial.

Valeria comienza a andar de nuevo.

En ese momento, el teléfono de Valeria suena en su bolso. Ella lo coge y mira el número. Su cara refleja preocupación y responde de inmediato.

—¿Qué ocurre? —Escucha—. Voy enseguida —dice, y cuelga con cara tensa.

117

35

—*E*l doctor ha dicho que ha sido un problema respiratorio —se apresura a explicar Luisa, la enfermera—. Ha tenido un ataque fuerte justo después de la cena, hacia las ocho. Te he llamado enseguida.

Valeria mira a su padre desde el umbral. Paolo está junto a ella.

Gaetano está en su cama, tiene un tubo de oxígeno en la nariz y reposa.

—¿Ha perdido el conocimiento?

—No, pero el doctor le ha puesto una inyección y ahora está un poco aturdido. Por el momento debe estar en observación. Si empeora, tendremos que trasladarle al hospital.

Desde el pasillo se asoma Gigi, el amigo de Gaetano.

—Luigi, no puede estar aquí. Gaetano tiene que descansar —le reprende la enfermera.

—Valè, estaba conmigo cuando ha ocurrido. Estábamos jugando a la escoba y, de repente, se ha puesto todo rojo. Yo pensaba que se estaba enfadando porque era la tercera mano que perdía. Y le he dicho: «Gaetà, no te sulfures, que es peor. Cuanto más te enfades, menos te entran las cartas». Luego ha empezado a hacer ruidos raros y he visto que no conseguía respirar, así que he llamado a Luisa de inmediato.

—Sí, está bien, Luigi, pero ahora tiene que ir a ver la televisión, por favor. —Luisa le coge de un brazo.

—¿Me puedo despedir? —pregunta Valeria.

—Claro, entra. Le gustará, sin duda.

Valeria entra despacio.

—¿Papá? —susurra, y se sienta junto al padre.

Gaetano abre lentamente los ojos. Reconoce a su hija y esboza una sonrisa desdentada.

—Hola, cariño —dice con un hilo de voz.

A Valeria se le saltan las lágrimas, pero se arma de valor y las contiene. Le coge una mano.

—Me has dado un buen susto.

—¿Qué vamos a hacer? Me he hecho viejo.

Valeria cede y llora. Le besa la mano.

Luisa irrumpe en la habitación.

—Gaetano, ¿se ha despertado? Está aquí Luigi, que no se quiere ir a su habitación hasta que no le diga una cosa.

Luigi se asoma a la puerta con cara triste.

—Gaetà, tengo que confesarte algo; si no, no estoy tranquilo. —Saca del bolsillo del pijama una baraja de cartas y la pone en la mesita de noche—. He hecho trampas. Están marcadas.

Gaetano le mira, luego vuelve la cabeza hacia el otro lado y cierra los ojos.

119

—Gaetà, por favor, dime algo. Dime que doy asco, escúpeme en la cara.

Gaetano no responde.

—Está bien, Luigi. Ya se lo ha dicho, ahora déjele descansar. —Luisa le coge de nuevo por el brazo.

—No podía quedarme con ese peso en la conciencia. Gaetà, de verdad, escúpeme en la cara.

—Luigi, ¿quiere hacer el favor de marcharse? —La enfermera pierde la paciencia y le saca a la fuerza de la habitación.

—Escúpame entonces usted, Luisa.

—Pero ¿qué dice? Venga, vamos.

—Joven —se dirige a Paolo—, hágame un favor, ¿querría escupirme usted un poco en la cara?

Antes de que Paolo pueda responderle, Luisa se lo lleva por el pasillo a la fuerza.

—¡Vamos!

—Pues me escupo en la cara yo solo. —Mientras se aleja escupe al aire—. ¡Puah!

Gaetano sigue inmóvil.

—¿Estás bien, papá? —Valeria le acaricia la cara.

Él vuelve a abrir los ojos y sonríe.

—Quería que se sintiera un poco culpable. Desde siempre he sabido que hacía trampas… —dice—. Me alegro de que no estés sola. No me iría tranquilo, lo sabes —le susurra mirando a Paolo, que está fuera, apoyado en la pared del pasillo.

—Papá, tú no te estás yendo.

—¿En qué trabaja?

—Escribe sobre economía.

—Tiene un rostro atractivo, se ve que es un buen chico. ¿Cómo se llama?

—Paolo.

36

*P*aolo y Valeria pasan a toda velocidad por la calle Caracciolo. Adelantan muy pegados a dos coches y ella se abraza con más fuerza a su tórax. A la altura de Castel Dell'Ovo, Paolo reduce y se detiene a un lado.

—¿Tienes hambre? —le pregunta levantándose la visera.

—No me apetece sentarme a una mesa.

—Y quién habla de restaurantes. —Paolo la ayuda a bajar de la moto, aparca y se dirige hacia un quiosco.

—Seis *taralli* calientes de pimienta y almendras y dos Tuborg frías.

El tipo le pasa una bolsa de papel y las botellas de cerveza. Paolo paga y vuelve con Valeria.

—¿Damos una vuelta? —Caminan por el puente iluminado con farolas de aceite que une el Castel Dell'Ovo con el barrio marinero.

—Sentémonos aquí. —Paolo le indica un punto del parapeto. Se sube él primero y luego le tiende una mano. Se sientan con las piernas hacia el mar: frente a ellos la colina de Posillipo está completamente iluminada.

—Me encantan. —Paolo saca un *tarallo* de la bolsa y le da un mordisco—. Hay que comer primero la parte sin almendras —dice masticando.

—¿Por qué?

—Porque la de las almendras es la mejor, hay que dejarla para el final.

Valeria bebe un trago de su Tuborg.

—¿No quieres un *tarallo*?

—No tengo hambre.

—Estoy seguro de que tu padre ya está mejor. Ya verás, se recuperará.

Valeria tiene la mirada clavada en el farol de una barca de pescadores. Paolo le apoya una mano en un hombro y lo estrecha.

—Vamos, ¿qué ocurre?

—Tengo miedo de perderle. Él es toda mi familia —dice al tiempo que rasca con una uña la etiqueta de la botella.

—¿Tu madre ha…?

—Se enamoró de otro.

Paolo mira hacia el mar.

—¿Eras pequeña?

—Tenía doce años. No volvimos a verla.

—¿Así fue como empezaste?

—Sí. Entendí perfectamente lo que aquel hombre puso en práctica con mi madre y empecé a dar consejos a mis compañeros en el colegio, como un juego. Funcionaban. —Valeria esboza una sonrisa amarga—. Solo somos animales programados para responder a estímulos. El único que no ha seguido nunca mis consejos ha sido mi padre, justamente. —Mira a Paolo—. Tendrías que oírle, sigue esperándola.

Él levanta las cejas. Valeria da un sorbo a la botella.

Una ligera brisa de mar les remueve el cabello.

Paolo deja la bolsa de los *taralli* y la Tuborg. Saca del bolsillo su BlackBerry.

—Te voy a enseñar una cosa que a mí me funciona —dice, y busca en YouTube el vídeo de *What is Love?*

—¿Qué es? —pregunta Valeria con curiosidad.

Paolo le da al «play» y Jim Carrey empieza a dar golpes de pelvis a todas las chicas de la discoteca. Valeria estalla en una sonora carcajada.

—Es genial, ¿verdad? —Paolo también se ríe.

—Ja, ja, ja. ¡Qué bueno! —Valeria llora de risa.

—Toma, come algo. —Paolo coge un *tarallo* y se lo pasa, ella da un mordisco e inspira el aroma aún caliente de las almendras tostadas.

*U*n amplio cenador está instalado en el centro de la playa del Arenile, el mismo donde se encontraron por primera vez Paolo y Valeria. Cerca de la barra, Enrico concede una entrevista para una emisora local.

—Queridos, ¡¡soy inmensamente feliz!! Cumplimos seis años; somos unos niños, pero ya mayores; hemos llegado a cincuenta mil ejemplares… Hemos de tener en cuenta que el mismo *Il Mattino* tiene una tirada de ochenta mil ejemplares…

No muy lejos de allí, Fabian está rodeado por un grupito de jovenzuelos.

—¡Enseñadme la tableta! —Ellos se levantan la camiseta mostrando los michelines de grasa—. ¡Pero ¿qué tenéis, flotadores incorporados?! ¡No os preocupéis, seguid mi tabla y dentro de cinco días estaréis así! —exclama, y se levanta la camiseta.

Los chicos dejan escapar exclamaciones de admiración:

—¡Oh! Pero ¿quién te la hecho, un escultor?

En un rincón se ha montado un puesto lleno de ejemplares del nuevo número de *Macho Man*. En la portada aparece el atractivo rostro de Valeria.

—Valè, gracias a ti ahora tengo novia. ¿Me firmas un autógrafo en la portada?

—Claro.

Frente al enorme panel de cartón con la reproducción de la revista y con un rotulador azul en la mano, ella firma los ejemplares de los chicos que hacen cola.

—¿Me darías un autógrafo a mí también? —Paolo le pasa una revista.

Ella levanta la mirada.

—¡¡Paolo!!

—Hola.

Junto a él aparece Giorgia con un vestidito corto de playa y una bolsa grande de esparto al hombro.

Valeria cambia de expresión.

—Ah, hola.

—Paolo, yo me voy a la tumbona a tomar un poco el sol. Te espero allí. ¿Me traes algo de beber? —Giorgia se aleja.

—Voy enseguida. —Vuelve a mirar a Valeria, que sigue firmando autógrafos.

—Al final la has traído —le dice ella sin levantar la mirada.

—Tú me dijiste que no fuera obvio. Esto está fuera de los esquemas. Un día de relax en la playa, ¿no?

—¡Aquí estamos, chicos! —Ciro aparece con una camisa hawaiana y unos bermudas fosforescentes. Abrazadas a él, una a cada lado, van Chiara y Manù, con dos copas de *prosecco* en la mano. Se ríen, divertidas. Ciro acaricia sus espaldas—. Nosotros vamos a la playa a ponernos cremita. ¿Venís?

—Vamos dentro de un momento, Ciro. —Paolo se lleva a Valeria hacia la zona del bar.

—¡Valè, espera, fírmame un autógrafo!

—Vuelvo enseguida, chicos.

Él se la lleva aparte y le pone las manos sobre los hombros.

—Valeria, estamos en el buen camino, pero ahora tienes que decirme qué tengo que hacer para recuperarla definitivamente.

Le pide dos copas de *prosecco* a un camarero.

—¿Ha dejado a tu exjefe? —Valeria mira fijamente las dos copas en las manos de Paolo.

—No, todavía no. Pero creo que podemos conseguirlo.

—No sé qué decirte, me parece que aún no te has deshecho de tu espíritu de camarero —le dice ácida.

—¿Cómo?

—Nada.

—¿Hay algo que te molesta?

—Me molesta ver que te estás perdiendo.

—No me estoy perdiendo. Por Giorgia vale la pena y, además, ella también se está acercando de nuevo.

—¿Ah, sí? Quita el audio y juzga por los hechos. ¿Ha dejado a su novio? No. Entonces, todavía no ha hecho nada por ti. Los suyos son solo «test del pito». Así es que empieza por dejar esa copa de *prosecco* y deja que se la coja ella solita. No hagas de felpudo.

Paolo acusa el golpe.

—Chicos, comienza el torneo de voleibol. Estoy recogiendo las inscripciones. Equipos de parejas. ¿Vosotros vais juntos? —dice Fabian, con un bloc y un bolígrafo en las manos.

—No, Paolo ya tiene pareja. Jugamos tú y yo.

—Estupendo. Entonces démonos prisa, que ya va a empezar. —Fabian abraza a Valeria y se la lleva.

Paolo los observa mientras se alejan, luego mira las dos copas de *prosecco* que aún tiene en la mano y deja una.

38

*E*l *disc-jockey* pincha música *house* mientras grupos de jóvenes en bañador se mueven sobre la pista de madera; Paolo se sienta en una tumbona junto a la de Giorgia y da el último sorbo a su copa.

—¿Y a mí no me has traído nada de beber? —le pregunta ella.

—Ay, lo siento, pequeña. Me he olvidado. Pero si te das prisa todavía puedes encontrar algo. —Se tumba boca arriba con las manos detrás de la cabeza.

Giorgia se incorpora sobre los codos y le mira.

A lo lejos, Ciro está encantado haciéndose poner crema en la espalda a cuatro manos por Chiara y Manù.

—Esas manitas del cuello son las de Chiara, reconozco el terciopelo de las yemas. Las de Manù son más de lija.

—Pues resulta que son las mías, tonto. —Manù se ríe.

Paolo está moviendo los pies al ritmo de la música cuando siente un golpe violento en la cara y las gafas salen volando hasta la arena. Mira a Giorgia.

—¡Oye! ¿Estás loca?

Ella sonríe y le señala un balón de voleibol que sigue rodando cerca de ellos.

—¡Pelota! —Fabian, con los abdominales esculpidos y perlados de sudor, reclama el balón.

Detrás de él, Valeria mira a Paolo, riéndose y encogiéndose de hombros.

Él se levanta de la tumbona con desgana y recupera el

126

balón, coge impulso con el brazo y lo lanza. Fabian lo coge al vuelo.

—Saco yo —anuncia, y se pone en posición.

—Espera, si no se te va a meter en los ojos. —Valeria le alcanza y le limpia con delicadeza la arena de la cara—. Ya está, fúndelos.

Fabian le sonríe y logra una jugada formidable.

—¡Punto! Eliminados.

Valeria salta a sus brazos gritando:

—¡¡Grande!!

Paolo siente un mordisco de rabia en el estómago.

—¡Levántate, Giorgia! —le ordena.

—¿Qué? —Ella se incorpora sobresaltada—. ¿Qué pasa?

—¡Vamos a jugar, venga!

—¡¡Vamos, Paolino, que eres el mejor!! —Ciro anima a su amigo desde el lateral del campo.

—¡¡¡Uuuuhhh!!! —Chiara y Manú gritan exaltadas, levantando los brazos al aire.

Paolo lanza el balón. Valeria se tira a la arena y, con un toque de antebrazos, pasa la pelota a Fabian, que la lanza al otro lado de la red. Giorgia se la pasa a Paolo con las dos manos, él la levanta, ella tira, pero Valeria la bloquea y marca.

—¡Ja, ja, ja!

Paolo mira a Giorgia.

—Pon un poquito de energía, ¡¿vale?!

Valeria toma impulso y lanza.

—¡Déjala! —Paolo aparta a Giorgia con las manos y devuelve la pelota con un golpe de antebrazos.

—¡Mía! —Valeria se lanza sobre el balón y lo tira con fuerza contra Paolo, que lo coge al vuelo y lo manda de nuevo a la otra mitad del campo.

Valeria vuelve a tirar, Paolo para y la devuelve. Fabian y Giorgia se quedan mirando.

—¡Eeeeh! ¿Quieres pasarla?

Valeria lanza la pelota hacia arriba. Fabian se arquea

mandando un tiro violentísimo: Giorgia, asustada, se aparta y el balón golpea con fuerza en la nariz de Paolo, que cae al suelo.

—¡Punto! ¡Ja, ja, ja! —Valeria grita alegre y va a abrazar a Fabian.

Paolo se levanta con la nariz goteando sangre.

—¡Ay, Dios! Paolo, ¿te has hecho daño? —Giorgia le socorre, preocupada.

—Estoy bien, estoy bien —responde, y se pone una mano en la nariz mientras abandona el campo.

En los vestuarios, Paolo se anuda la toalla a la cintura y sale de la ducha. Se mira la nariz en el espejo y con una mueca de dolor se levanta la punta para mirar dentro, luego se palpa el tabique.

—Ah, aah… —Se oyen unos gemidos desde el vestuario de al lado—. Empuja más…

Paolo reconoce la voz de Valeria y, alucinado, se acerca a la pared para pegar el oído.

—Ay, sí, eso es, así… —Se sube en un banco e intenta asomarse, pero la apertura está demasiado alta.

—Date la vuelta…, así, quédate así… —dice una voz masculina.

Paolo abre los ojos de par en par: es la voz de Fabian.

—¡Dios, sí! —Valeria sigue gimiendo de placer.

Paolo encaja, niega con la cabeza y con una sonrisa amarga baja del banco y deja los vestuarios.

—¿Te gusta? —Fabian presiona con fuerza los nervios de los hombros de Valeria.

—Dios, sí…, así. —Valeria, sentada en el banco, con una toalla que le tapa el pecho, se deja masajear la espalda.

—Puede que ahora te haga un poco de daño. Aquí están totalmente montados. —Presiona con vigor.

—¡Ay! —Valeria siente como una sacudida.

Fabian la deja.

—Ya está.

—¡Ay, Dios! —Ella permanece inmóvil, luego se acaricia el cuello y empieza a rotar lentamente la cabeza—. Ah…, gracias, ya me siento mucho mejor.

—Por favor, Valeria. Gracias a ti. Con los consejos que me has dado, Enrico vuelve a estar mucho más cariñoso.

—Te lo dije, te quiere, se ve. Es solo que tiene mucha presión por la revista. Es un momento especialmente comprometido para él.

—Te espero fuera. —Fabian deja el vestuario y sale a la playa seguido de cerca por la mirada de Paolo.

Valeria está en el aula impartiendo una lección a un grupo de estudiantes; su actitud es especialmente provocativa, casi agresiva.

—Bien, ¿habéis elegido vuestro objetivo? ¿Queréis una mujer? ¿Queréis a «esa» mujer? Entonces, para que sea verdaderamente vuestra, os la tenéis que llevar a la cama. Pero para que esto suceda, antes es necesario que ocurra el «conocimiento» —dice, y escribe la palabra con mayúsculas en la pizarra.

—Qué raro —interviene Paolo desde el fondo—. Pensaba que eran suficientes unos músculos.

La clase se gira para mirarle.

—Sin duda pueden ayudar a atraer, pero no es eso lo que hará que una mujer se vaya a la cama con vosotros —dice Valeria desde el estrado.

—¿Y qué es entonces? ¿Saber jugar al voleibol?

—Puede ayudar, pero no creo; además, el voleibol puede ser un deporte peligroso y se corre el riesgo de que te den un pelotazo en la cara.

Paolo encaja el golpe.

Los estudiantes se miran perplejos entre sí.

—En la fase del «conocimiento» una mujer tiene que conoceros y creer que sois el hombre especial que quiere tener a su lado el resto de su vida.

—¿Aunque solo sea para un polvo? —pregunta un estudiante de la primera fila.

La clase se ríe.

—Aunque solo sea para un polvo. ¡Aunque solo sea

por un capricho! Ella está programada para tener sexo para reproducirse; así pues, nosotros debemos estimularla desde ese punto de vista.

—Vaya, o sea, que incluso solo para un polvo, ¿tenemos que decirle que nos queremos casar con ella y tener hijos? —sigue diciendo el mismo estudiante llevándose las manos a la cabeza.

—¡¡¡Piiiii!!! ¡Error! ¿De verdad nos consideras tan estúpidas? Si hablaras ya de boda al cabo de unas cuantas citas, sería evidente que nos quieres tomar el pelo y nosotras levantaríamos nuestras defensas. A una mujer hay que estimularla desde un punto de vista emocional y no racional.

—¿Qué tenemos que hacer, entonces? —El estudiante se frota la frente.

—Construíos una vida interesante. Y si no la tenéis, ¡inventadla!

—¿Y cómo?

—Por ejemplo, ¡con una rutina fotográfica! —De nuevo coge el rotulador y escribe en la pizarra—. Coged vuestra cámara digital y enseñadle lo guapos que estabais mientras subíais una pared haciendo escalada libre o mientras dominabais las olas en una tabla de surf. Contadle que os habéis interesado por otras religiones mostrándole las fotos de ese templo de Bangkok y dejadle ver lo mucho que os divertisteis con vuestros amigos en Irlanda.

—¿¡Y cómo voy a enseñárselo, si ni siquiera tengo la foto de clase del colegio!?

—¿Y quién ha dicho que estas cosas las tenéis que haber hecho de verdad? ¡Usad Photoshop, simplemente!

—O sea, ¿que nos estás diciendo que mintamos? —interviene Paolo de nuevo desde el fondo.

—¿Acaso hasta ahora no has mentido? Si prefieres contarle lo insatisfecho que estás siempre, hazlo. Dile que tu trabajo te asquea y déjale ver lo enfadado que estás por cómo se ha comportado. ¿Estás dispuesto a mostrarte tal y como eres realmente?

Paolo no responde, luego su teléfono vibra. Es un mensaje de Giorgia: «Todavía no te he devuelto tu collar. ¿Nos vemos para cenar?»

131

40

Suena el timbre, Paolo abre la puerta de su casa: es el chico del restaurante El Sarago, de la plaza San Nazzaro, que le trae una fuente de pasta con patatas y queso, y una bandeja con una lubina fresquísima hecha al horno, también con patatas. Le pide que lo deje todo sobre la mesa, le paga y vuelve a cerrar la puerta. Va a la cocina, mete la bandeja con la lubina en el horno, coge la fuente de pasta y la vuelca en una cacerola para luego volverla a pasar desde allí a la fuente. Por último coge dos patatas y las pela dejando las mondas en la tabla de picar.

Vuelve al salón, quita los cuadros de la pared y empieza a desordenar: abre las cajas de algunos DVD y esparce aquí y allá libros de poesía y de técnicas de masajes orientales. Hace dos series de flexiones en el suelo y luego se va a la ducha. Enciende unas velas y descorcha una botella tirando un poco de vino en el fregadero de la cocina. Coge una copa, la llena por la mitad y la apoya en una mesa baja. Saca de un armario una guitarra que no ha usado nunca y tira por el suelo una serie de partituras. Coge un tanga negro de mujer y lo mete bajo el cojín del sofá. Introduce en el equipo de música el CD *The Bends*, de Radiohead, y se pone unos vaqueros y una camisa. Diez minutos y suena el telefonillo. Paolo abre el portal y se rocía con una nube de Eau d'Issey.

—Hola, perdona. Llego un poco tarde. —Giorgia cierra la puerta a sus espaldas; lleva un vestidito ligero color lila, sandalias negras de tacón, dos pequeños pendientes de ónice y el collar indio de plata oscura de Paolo.

—¿Ah, sí? No me había dado cuenta. Estaba tomándome una copa y leyendo. Se me ha pasado el tiempo volando.

—Oye, cómo ha cambiado esto. ¿Y el sofá circular Cappellini?

—Pues ha hecho honor a su nombre, ha «circulado»… Mucho mejor mi nuevo sofá, supereconómico, supersuave y, lo más importante, que no sobresale, una salvación para mis pies.

—¿Por qué me has hecho subir? ¿No vamos a cenar? Tengo hambre.

—No me apetecía ir a un restaurante. He preparado yo unas cosas. —Se la lleva a la terraza haciéndola pasar por la cocina.

Una mesa puesta y la fuente de pasta y patatas y queso espera en el centro.

—¡Guau! ¿Has cocinado tú?

—Sí. —Le señala la olla sucia en el fregadero.

—¿Y desde cuando cocinas?

—Siempre me las he apañado. —Abre la nevera y descorcha otra botella de vino.

—No me lo puedo creer, me has preparado una cena romántica. Antes no hacías estas cosas.

—No es una cena romántica, tesoro. Si no, habría puesto la vajilla buena y habría encendido una vela. Ceno siempre aquí cuando hace calor. Es solo una cena para una amiguita —aclara, y le sirve vino—. Siéntate.

Giorgia está a punto de sentarse, pero se levanta.

—¿Qué es esto? —Coge de la silla una cámara digital.

—¡Mira dónde estaba mi cámara! Después de la escalada libre no la había vuelto a ver.

—¿Haces escalada libre?

Paolo asiente y toma un sorbo de vino.

—¿Puedo ver las fotos?

—Si no te aburren.

133

41

*E*n el aula, Valeria está tumbada en una cama de matrimonio boca abajo, apoyada sobre las caderas, con los tobillos cruzados en el aire tras la espalda.

—Si habéis seguido todas las reglas, si habéis creado «atracción» y habéis jugado bien en la fase de conocimiento, entonces ¡ha llegado el momento del sexo!

Se oyen aplausos y silbidos de aprobación.

—Recordad que antes del sexo habéis tenido que crear un buen contacto. Tocaos. Cread juegos, haceos masajes, lo que queráis, pero no lleguéis al sexo sin haber creado un buen contacto antes. Esto hará bajar notablemente sus defensas.

> Soy un chino capuchino mandarín, rin, rin.
> He llegado de la era del Japón, pon, pon.
> Mi coleta es de tamaño natural, ral, ral.
> Y con ella me divierto sin cesar, sar, sar.
> Al pasar por un cafetín, tin, tin.
> Una china me tiró del coletín, tin, tin.
> Oye, china, que no quiero discutir, tir, tir.
> Soy un chino capuchino mandarín, rin, rin.

Paolo y Giorgia sentados en el sofá del salón juegan a darse palmas cada vez con más fuerza y más velocidad: primero derecha con derecha, luego izquierda con izquierda, después las dos a la vez, y de nuevo desde el principio. Giorgia se está divirtiendo muchísimo; Paolo, algo menos. Por fin ella se cansa.

—¡Ja, ja, ja! ¡Qué recuerdos, Paolo!

—Es verdad. Hacía siglos que no jugaba. —Se pasa una mano por la frente para secarse el sudor.

Toman un poco más de vino.

—¿Qué estás leyendo? —pregunta ella al ver todos esos libros tirados por el suelo.

—Poesía.

—Ah, ¿y este de qué es? —Coge el libro de los masajes y lo hojea.

—Un libro sobre técnicas de masajes orientales realmente fabulosas.

—¿Los sabes hacer?

—Claro. Date la vuelta —dice él seguro.

—Pues…

—Oye, que es solo un masajito a una amiguita, nada más.

Giorgia le da la espalda. Paolo le baja las hombreras del vestido y empieza a tocarle dulcemente la base del cuello.

—Mmm. —Giorgia empieza a relajarse.

—Estás muy tensa, nena. ¿Qué te pasa?

—Mmm, no lo sé…

—¿Estás estresada?

—Sí…, mmm, un poco, mmm.

—Pon las dos piernas en el sofá, quita ese cojín. —Giorgia levanta el cojín y ve el tanga negro—. Parece que otra amiguita tuya se ha olvidado esto. —Se lo pasa sujeto con dos dedos.

—Deja eso. —Paolo sigue masajeándola—. No es de una amiguita.

—¿Ah, no? ¿Y de quién es entonces?

—De una amiga un poco especial.

—Ah, ¿hay también amigas especiales?

—Pues sí.

—¿Y a ellas también les haces masajes?

—No, los masajes son solo para las amiguitas y ya está. Relájate, estás muy tensa.

42

*D*esde la cama, Valeria continúa su lección sobre sexo.

—La DUS: defensa del último segundo. Cuando tiene sexo, una mujer arriesga más y, por tanto, ha desarrollado un mecanismo de defensa para protegerse de la posibilidad de quedarse embarazada de hombres que luego no se quedarán con ella y, consecuentemente, no la ayudarán a criar a los hijos.

Paolo baja la cremallera del vestido de Giorgia, le quita el collar indio de plata oscura y le desabrocha el sujetador. Ella, con la mano y algo turbada, se sujeta las copas con relleno.

—Este es el momento en el que tenéis que hacer que se sienta importante. Tiene que creer que no es una de tantas, que la queréis solo a ella…

Paolo empieza a masajearle lentamente el cuello y luego desciende poco a poco hacia los omoplatos.

—No sabes cuánto he pensado en ti en todo este tiempo…

Poco a poco, Giorgia empieza a dejarse ir, aparta las manos de las copas del sujetador y se tumba en el sofá.

—Ella opondrá resistencia. No quiere sentirse responsable de lo que está ocurriendo…

Υ

—Paolo, espera; quizá debemos parar. No creo que esté bien lo que hacemos. Yo ahora estoy con otro y…

Paolo acaricia su espalda, sus dedos se hacen cada vez más audaces y entran por debajo de la tira de las bragas.

—Lo que hay que hacer en ese momento es darle la razón, pero a la vez seguir desnudándola…

Paolo le quita el vestido.

—Tienes razón…, tendríamos que parar. —Luego intenta quitarle las bragas. Giorgia se las sube—. Espera, Paolo. No es justo.

—En este punto, ella opondrá la última resistencia. La que muchas veces os deja en la cama solos, excitados, porque ella se ha ido. No cometáis el error de insistir. Deteneos y respetadla. No os enfadéis y no le reprochéis nada. Simplemente, haced otra cosa.

—Tienes razón, tenemos que parar. —Paolo se incorpora, vuelve a sentarse y coge el ordenador.

—¿Te has enfadado? —le pregunta Giorgia.

—No, por Dios; tienes razón. Miro un segundo mis correos y luego nos tomamos la última copa. —Se centra en la pantalla.

Giorgia alarga las manos para coger el sujetador y vuelve a abrochárselo mientras sigue mirando a Paolo, que está tecleando en el ordenador.

—Está bien, Paolo —dice, y se baja las bragas.

Él la besa con pasión. Giorgia le quita el cinturón, le baja los pantalones, le tira al sofá y se coloca encima de él haciendo que entre en ella.

A Paolo le parece estar soñando, sentir de nuevo su olor, tocar una vez más su piel, estar dentro de ella. Se siente en casa.

Y

El reloj del televisor marca las cuatro, Giorgia se despierta de repente.

—Ay, Dios, Paolo. Nos hemos quedado dormidos. ¡Qué hemos hecho!

Él se despierta y se incorpora apoyándose en los codos.

—No pasa nada. Solo hemos hecho el amor.

—Justo. Es absurdo. ¿Qué hacemos tú y yo en la cama?

—¿Por qué, tan absurdo sería que lo intentáramos otra vez?

—Pero ya lo hemos intentado. No funciona.

—Pero antes era diferente.

—Por eso. No lo sé, Paolo; yo te veo diferente. Antes dormías con una tirita para respirar y ahora… Ay, Dios, estoy confusa, necesito tiempo. —Giorgia, a toda prisa, se vuelve a vestir.

—Giorgia, espera un momento.

—Perdona, pero tengo que irme. —Coge el bolso y él la agarra por la muñeca atrayéndola al sofá.

—¿Nos volveremos a ver?

Ella baja la mirada. Paolo le levanta la barbilla y la besa. Antes de salir, Giorgia se da la vuelta.

—El próximo fin de semana, Alfonso estará fuera por trabajo… —dice, y sale de la casa cerrando despacio la puerta.

Paolo se queda sentado con la mirada fija en la pared de enfrente. Estrecha en las manos el collar de plata oscura y se lo pone.

—Es fuerte, sencillo, luminoso, vistoso pero no excesivo. Es para quien sabe ver más allá. Es justo como la persona a quien tengo que regalárselo. —Se levanta lentamente del sofá y, en la oscuridad de la casa, se arrastra hacia el dormitorio, abre el cajón de la mesita de noche y saca una caja.

—Te puedes perder en sus ojos… Estar juntos significa estar en un lugar que conoces y a la vez estar en el Paraíso…

Se pone la tirita para la noche en la nariz y se tira en la cama. Se queda dormido al instante.

138

43

—Creo que lo he conseguido. Solo tengo que jugar bien el próximo fin de semana…

—Me alegro, Paolo. Nos vemos mañana en la revista.

Valeria cuelga y se queda apoyada en la barandilla mirando el golfo de Pozzuoli, el viento encrespa la superficie del mar. Parece que sus ojos oscuros pueden absorber toda la inquietud de esa espuma blanca.

Junto a ella está Gaetano en una silla de ruedas.

—¿Qué pasa, pequeña?

—Nada, papá. Estoy bien. Dentro de un ratito te pongo la inyección.

—No tienes que preocuparte por tu padre, el doctor ha dicho que me estoy recuperando —dice, y le acaricia la cara.

Cerca de ellos, silencioso y con aspecto abatido, Gigi está haciendo un solitario en un rincón de la terraza.

—¡Valeeeeee! —Vincenzo llega a toda velocidad con la silla de ruedas derrapando al frenar a un centímetro de Gaetano.

—A este tienen que quitarle el carné de conducir. Eres un peligro, Vincè —suelta Gaetano.

—Ja, ja, ja. —Valeria se ríe—. ¿Qué te cuentas? ¿Progresas con Carmela?

—Voy como una bala, Valè. Ahora tengo que usar la técnica del gallo. Mira. —Le enseña una cajita de plástico que lleva colgando del cuello con un lazo.

—¿Qué es?

—Un pastillero de última generación, lo he comprado en el chino. Tú pones el temporizador, y cada vez que tienes que tomarte la pastilla para la tensión, suena la música y hace señales luminosas.

Vincenzo pulsa el botón: «Tómate una pastilla. Tómate una pastilla. Escúchame para hacerme dormir, para hacerme olvidar a mi dulce amor».

Suena una versión de la canción de Renato Carosone, *Pigliate na' pastigilia*, acompañada por lucecitas azules intermitentes.

—Ja, ja, ja. ¡Muy bien, Vincè!

Vincenzo trata de apagar el artefacto, que no quiere callarse.

—Virgen Santa, pero cómo se apaga este cacharro. —Le da golpecitos en la mesa y al fin se para—. Bueno, y el siguiente movimiento... ¿cuál es? —pregunta.

—Ahora tienes que pasar al contacto. Tócala. No sé..., léele la mano, siéntala en tus rodillas. Juega, Vincè.

—¡Valeria os ha traído helado! ¡Venid aquí! —Luisa llega expedita trayendo consigo tarrinas, cucuruchos y una cuchara.

—De acuerdo, pero ahora me como el helado. Así ve que la ignoro un poco.

—¡¿Has aprendido bien, eh, Vincè?!

—Valeria, estamos haciendo la lista de los que irán a la excursión del sábado y domingo a las termas de Ischia. —La enfermera empieza a poner bolas de helado en los cucuruchos—. Estaremos allí dos noches. Tu padre ahora va en silla de ruedas, tiene que acompañarle alguien necesariamente.

—No, pero si yo no quiero ir a Ischia. Además, mi hija tiene cosas que hacer... —Gaetano tiende un cucurucho vacío a Luisa—. A mí ponme más chocolate, Luisa.

—Ojalá pudiera ir yo a Ischia. Carmela va —interviene Vincenzo—. Pero no tengo a nadie que me acompañe. —Comiéndose el último trozo de cucurucho, se aleja empujando la silla.

—Pues le sentaría bien un día de aire fresco, Gaetano.

Y el doctor opina lo mismo. —La enfermera le da el cucurucho.

—Ya iré cuando pueda volver a caminar yo solo.

Luisa mira a Valeria, que está callada.

—Vayamos, papá. Yo quiero acompañarte.

—Pero ¿qué vas a hacer en Ischia con unos viejos? Quédate con tu novio.

—Es que me apetece, de verdad. Así aprovecho y desconecto un poco.

—Perdona, tesoro. Si quieres hacerme ese regalo, házmelo como es debido: que venga también tu novio. Me darías una alegría. Así, también él podrá desconectar y, de paso, tenemos acompañante para Vincenzo.

—No sé... —Valeria se siente atrapada y busca apoyo en Luisa con la mirada.

—Lo siento, Valè, ¡pero creo que es una gran idea! —exclama con los ojos desorbitados—. Así, junto al tratamiento de las termas les haces un poco de terapia de buen humor, ¡que a esta edad es la mejor medicina! —la anima.

Valeria respira profundamente.

—Está bien, papá; se lo diré a Paolo. —Vuelve a mirar el mar encrespado más allá de la baranda.

—¿Está contento, Gaetà? Ahora no vale montar el numerito con la inyección, ¿eh?

Gaetano lame el cucurucho de helado satisfecho.

—¡Gigi, ven aquí a jugar una partida! ¡Pero con mis cartas!

Cerca, Vincenzo está en una mesa con Carmela.

—Este es un pastillero especial para personas especiales. —Se lo pone al cuello—. Te lo presto unos días, pero luego me lo tienes que devolver. —Pulsa el botón y las notas de *Pigliate na' pastiglia* empiezan a sonar entre luces de colores.

—Es precioso. —Carmela se ruboriza y lo toca sonriendo.

—Luego, cuando quieras apagarlo, pulsas aquí. —Vincenzo presiona el botón, pero el mecanismo no se detiene—. Perdona. Carmela, déjamelo un momento. —Le da golpecitos en el brazo de la silla y el pastillero deja de emitir su canción. Luego, de repente, vuelve a sonar—. Vaya por Dios —dice entre dientes, lo golpea contra la mesa y consigue pararlo—. Hace falta un poco de energía. —Sonríe y se lo vuelve a poner en el cuello.

44

*F*rente al castillo Maschio Angioino, en el muelle Beverello, Paolo espera junto al transbordador que sale para Ischia. Las gaviotas chillan cruzando su vuelo en el aire. Saca del bolsillo de la chaqueta una carta certificada, el sobre ya está abierto y vuelve a mirarlo. El encabezado dice: «Il Sole 24 Ore».

—¡Aquí estamos, Paolo! —Valeria agita los brazos desde lejos mientras empuja la silla de Gaetano. Detrás de ella vienen Vincenzo, empujado por Luisa, y detrás de todos ellos un grupito de ancianos señores con bastones y andadores.

Paolo se queda con la boca abierta.

—¡Os presento a Paolo! El novio de mi hija. Viene con nosotros. —Gaetano está eufórico.

Valeria mira a Paolo y se encoge de hombros.

—Hola, Paolo. —El grupo de ancianos le rodea—. ¡Qué novio más guapo tienes, Valeria!

Paolo asiente, confuso.

—Hola, Paolo. Yo soy Vincenzo, tú eres mi acompañante. —Se coloca con la silla para que le lleven—. Podemos marcharnos.

Valeria le regala una sonrisa luminosa.

—¡Vamos!

Paolo coge la bolsa del suelo, se la pone en bandolera, empuña los manillares de goma de la silla y empieza a empujar torpemente a Vincenzo hacia el gran transbordador Caremar.

—Por favor, sígueme el juego con mi padre. Está convencido de que eres mi novio —le susurra Valeria en voz baja mientras empuja la silla de Gaetano.

—Bueno…

—Por favor…, ¡es mayor!

Paolo y Valeria caminan el uno junto al otro empujando las sillas hacia el barco.

—Pero ¿me puedes explicar qué está ocurriendo? —le pregunta esforzándose por hablar en voz baja.

—Pues lo que te dije, tengo que dar un curso de seducción en Ischia.

—¿Y qué tienen que ver tu padre y estos señores con el curso?

—¡Es una clase de ancianos! ¡Haremos un curso de seducción para la tercera edad! ¡Nos va salir un artículo bomba, ya verás!

Al llegar a la entrada del transbordador, Gaetano se levanta y entra caminando para aliviar a Valeria. Paolo empuja con fuerza las ruedas de la silla de Vincenzo por las amplias canaladuras del portón de hierro y, al llegar al interior, se para satisfecho, jadeando.

—¡Ya estamos aquí!

Vincenzo le indica las estrechas escaleras de hierro que llevan al salón de arriba.

—¿Es que piensas dejarme dentro del garaje? —Le tiende los brazos.

Él mira la rampa y luego, de nuevo, a Vincenzo; con un esfuerzo se lo carga en brazos.

Al llegar arriba, a la entrada del salón, Vincenzo agita las piernas en el aire.

—Gracias, Paolo; bájame.

—Espera, Vincè. La enfermera está subiendo la silla —dice él sin aliento.

—¿Y para qué quiero la silla? Ahora me voy a sentar en una butaca. —Y se pone de pie.

—Pero, Vincè, ¿puedes andar?

—Pues claro, no soy paralítico, solo soy un anciano —responde, y muy lentamente se encamina hacia los sillones.

Y

Paolo y Valeria están en cubierta; el sol empieza a ponerse y la nave se desliza veloz a lo largo de la costa por el canal de Procida.

—¿Me has hecho perder el fin de semana decisivo con Giorgia por una estupidez así? —Él la mira apoyado de espaldas en la barandilla áspera por el salitre.

—¿Y qué te hace pensar que habría sido el fin de semana decisivo? —Valeria se estrecha la cazadora. El viento le agita el pelo. Un humo denso y negro sale por la chimenea.

—¿Qué quieres decir?

—¿Cuántas horas tardaste en llevártela a la cama desde que volviste a verla?

Paolo lo piensa.

—Pues..., media hora en el aperitivo de los Baños Elena, tres horas del extraordinario partido de voleibol y unas tres horas y media en mi casa.

—¡Siete horas clavadas! Ha respondido a la perfección confirmando la regla: siete horas para llevarte a la cama —dice ella triunfante—. No para enamorarte.

—Oye, Giorgia ya está enamorada; lo ha estado siempre. Si hizo lo que hizo, fue porque los dos nos equivocamos. No fuimos capaces de soportar la tensión de un paso tan importante. Casarse no es un juego. En cualquier caso, habría vuelto conmigo.

—No creo que hubiera vuelto «en cualquier caso». No creo que a ella le interese el Paolo que para pasar dos noches en Ischia mete en la bolsa dos camisas, dos pantalones y un impermeable para la lluvia.

—Nunca se sabe... —se justifica él.

Valeria se anticipa y acaba la frase por él, burlona:

—¡Mejor ser precavidos!

Paolo querría rebatir, pero no encuentra las palabras. Valeria sigue hablando.

—¿Cómo acabó la otra noche?

Él baja la mirada y se mete las manos en los bolsillos de los vaqueros.

145

—Salió corriendo llena de sentimientos de culpa por haber traicionado a Alfonso.

—Un decorado que se repite, por lo que parece. También lo hizo contigo, ¿no? Quita el audio, Paolo —concluye, y se va para adentro, encogida de frío.

Él se queda solo, mirando al mar.

45

*C*uando el transbordador atraca en el muelle y larga ruidosamente las amarras, ya ha anochecido. El chófer de un pequeño autobús privado, después de haber cargado todas las maletas y las dos sillas de ruedas plegadas en el maletero, arranca hacia el hotel Negombo: una estructura maravillosa rodeada de jardines y piscinas termales en la encantadora bahía de San Montano.

Se están entregando las llaves en la recepción.

—¿Señores De Martino?

—Bueno, en realidad yo estoy sol...

Valeria le da un codazo en el costado, Paolo tose.

—¡Aquí estamos! —dice ella.

—Es la 145. Primer piso. ¿Me permiten un documento, por favor?

—Claro. —Valeria coge la pesada llave y deja en el mostrador su carné de identidad—. Entonces, papá, nos vemos mañana para ir a las termas. Buenas noches a todos. —Se despide con una amplia sonrisa.

Paolo deja también su carné y la sigue.

En la oscuridad, Paolo y Valeria comparten la cama. Cada uno rigurosamente en su lado: Paolo, a la derecha; Valeria, a la izquierda.

La habitación, iluminada solo por la luz de la luna, es pequeña y espartana. Una cómoda con un viejo televisor de catorce pulgadas, un armario estrecho con unas cuantas perchas, un escritorio y una silla. El pequeño balcón da a la encantadora bahía.

Rígida, Valeria da vueltas en la cama. Paolo se da cuenta de que aún está despierta.

—¿Y por qué no le has pedido a Fabian que te hiciera de novio?

Valeria se echa a reír.

—¡Ja, ja, ja! ¡Fabian! —No puede parar de reírse.

—¿Qué es tan divertido?

—¡Se habría muerto! Fabian en la cama conmigo…

—No me parece que le des precisamente asco. Os oí el otro día en los vestuarios de la playa.

—¿Ah, sí? ¿Y qué fue lo que oíste?

—Oí que te gustó —le dice punzante.

—Claro que me gustó, me dio un masaje estupendo en la espalda. Tenía todos los nervios agarrotados.

Paolo la mira.

—¡Fabian es homosexual! —dice, divertida—. ¡Está con Enrico desde hace cinco años!

Él se queda callado.

—Perdona, pensaba que…

—Pensabas mal.

—Entonces, ¿por qué está tan antipático conmigo?

—Porque está celoso.

—¿De mí?

—Sí, te teme. Piensa que puedes gustarle a Enrico.

Paolo se da la vuelta y se queda boca arriba, mirando al techo.

—Y tú… ¿cuánto tiempo hace que no estás con un hombre?

—¿En qué sentido? ¿Que no tengo una relación o que no me voy a la cama con alguien?

—Que no tienes una relación.

—No te lo digo.

—Vale, pues ¿cuánto hace que no te vas a la cama con alguien?

Valeria lo piensa un poco.

—No te lo digo. —Alarga la mano, abre una cajita, coge la férula de descarga y se la pone en los dientes.

—*Buena nose.*

Paolo abre el cajón de la mesita de noche, coge la tirita para no roncar y se la pone en la nariz.

—*Buedad doches.*

46

*A*l día siguiente empieza el recorrido termal. Después de una sesión de aerosoles controlada por el director sanitario y el personal especializado, de diez minutos de sauna y quince de baño turco, llega el turno de los baños termales: una serie de piscinas de formas y dimensiones diversas, rodeadas de parterres de rosas, cactus y helechos tropicales.

—Aquí tenemos una piscina cuya agua está a veinticinco grados. Libera las vías respiratorias; al lado está la de cuarenta grados, que hay que alternar con la de catorce. —El director sanitario, un hombre de unos cuarenta años, bronceado y atractivo, camina por el borde de las piscinas—. Naturalmente les aconsejo utilizar solo la de veinticinco grados. —Mira a Paolo—. Sobre todo si no están acostumbrados —concluye, y, dejándole atrás, sonríe a Valeria.

—¡Vale, pues vamos entonces a la de veinticinco grados! —Gaetano se sumerge seguido por Gigi, Vincenzo, Valeria y todo el grupo.

Paolo hincha el pecho.

—Yo voy a probar la de cuarenta. —Sin embargo, apenas mete un pie dentro se siente cocer—. Está calentita —dice tratando de mantener el tipo.

Al entrar completamente en el agua se vuelve hacia otro lado para esconder una mueca de disgusto.

—Felicidades, muy bien, lo ha conseguido. —El director sanitario, sarcástico, aplaude.

Paolo hace intención de salir.

—No, tiene que quedarse diez minutos. Es lo ideal para los trastornos ginecológicos.

En la piscina de al lado Valeria se echa a reír.

—El próximo recorrido es el Kneipp, muy bueno para la circulación.

Paolo, seguido por el resto, camina con el agua hasta la rodilla por una piscina circular que tiene el fondo cubierto de piedras; Valeria prefiere quedarse en la tumbona mirándolos.

A cada paso, Paolo siente las piedras clavándosele en la planta de los pies y avanza tambaleándose y contorsionándose por el dolor.

—Vamos, Paolo. —Vincenzo, seguido por la encantadora Carmela, le adelanta.

—¡Vincè, ¿hasta ayer estabas en la silla de ruedas y ahora te haces el chulito?!

—Ánimo, que eres joven —le alienta Carmela.

—Justamente, vosotros ya tenéis callos, pero yo aún tengo la planta blanda.

El pastillero que Carmela lleva al cuello se ilumina y la canción de Carosone le recuerda que ha llegado el momento de la píldora para la tensión; saca una, se la traga y sonríe a Vincenzo, que le guiña un ojo, orgulloso.

El director sanitario los acompaña a la piscina siguiente.

—Bien, el próximo recorrido…

Paolo le interrumpe.

—¿No le gustaría ahora hacernos caminar sobre cristales? ¿Qué le parece? ¿Quiere darnos golpes de fusta de vez en cuando?

Valeria se muere de risa.

47

*D*espués de una cena ligera y con poca sal, un grupo compuesto por tres personas sube al escenario: guitarra, bajo y batería acompañan al piano al gran Peppino di Capri.

A pesar de la osteoporosis, los ancianos se vuelven locos con las notas de *Let's Twist Again*, *Speedy Gonzales* y *St. Tropez Twist*.

Peppino no ha perdido su agilidad y pulsa con fuerza las teclas blancas y negras.

Vincenzo hace piruetas con la silla dando vueltas alrededor de Carmela cuando el pastillero la avisa de que ha llegado el momento de tomar otra pastilla. Pasquale, cerca de ellos, ayudándose con el bastón, mueve las caderas a todo meter para llamar la atención.

Paolo está sentado a una mesa mirando a Valeria: la sencillez con la que se divierte bailando le encanta.

—¿Es una niña especial, verdad? —Gaetano, sentado junto a él, le apoya una mano en el brazo.

Él se sobresalta, luego sonríe asintiendo y da un sorbo a su copa. Un vino blanco ya caliente se desliza por su garganta. Gaetano vuelve a mirar a la hija.

—¿Sabes cuándo se sabe que una mujer es la mujer de tu vida? Cuando sientes que sin ella estarías muerto.

Paolo le mira.

—Yo dejé de vivir hace diecinueve años. Pero no consigo sentirme culpable. Era la mujer de mi vida. Aunque afortunadamente he tenido dos mujeres de mi vida. —Sonríe indicándole a Valeria, luego se pone serio—. Paolo, me gustaría llegar a presenciar vuestra boda.

Él titubea y luego abre la boca con dificultad.

—Estoy seguro de que lo conseguirás, Gaetano.

—Lo tomo como una promesa. —Le estrecha la mano en torno al brazo.

Paolo asiente, luego desvía la mirada.

Peppino se lanza con una canción del 58 llena de ritmo: *Teach You to Rock*.

Valeria va a cogerle por un brazo y se lo lleva hasta la pista.

—Valeria, yo no…

—¡Vamos, Paolo, déjate llevar! —Le coge de las manos mientras lanza las piernas a derecha e izquierda.

Paolo la sigue, primero rígido y, luego, poco a poco, cada vez más suelto. Piruetas, vueltas, impulsos, acercamientos. Le coge el gusto y se deja transportar por la música; cuando la pieza llega a su culmen en una rápida sucesión de notas de piano, guitarra y batería, la empuja lejos para luego atraerla de nuevo con fuerza hacia sí en una vuelta.

—¡¡Uuuuh!!

Valeria se le para a un centímetro de la nariz. Se quedan mirándose un instante, luego ella se aparta.

—¡Qué calor! Voy a beber.

Pasquale, en el centro de la pista, quiere también atreverse. Haciendo palanca con el bastón, coge la mano de Carmela y le hace hacer una lenta pirueta, pero tan lenta que, cuando Peppino di Capri se detiene para dar un sorbo al vaso antes de empezar con la pieza siguiente, ella todavía está completando el giro.

—¡Ayúdame, Valeria! —Vincenzo pide socorro.

—Y ahora una canción con la que, modestia aparte, destrocé a Little Tony en el Cantagiro del 63. —Peppino empieza *Non ti credo*.

En la pista estalla una ovación. Paolo vuelve a sentarse.

Valeria coge a Vincenzo de la mano, le hace girar en la silla de ruedas y, luego, se le sienta encima. Él hace palanca sobre las ruedas de goma, a derecha e izquierda.

153

Carmela observa la escena y se aparta, irritada, del abrazo de Pasquale.

—Vamos muy bien, Valè.

Peppino di Capri se da una tregua y empieza a cantar *Roberta*, su lenta histórica, y entre los aplausos alguien se conmueve.

—¡Papá, baila conmigo! —Valeria ha vuelto a la mesa.

—Vamos a divertirnos, niña mía. —Gaetano se levanta de la silla de ruedas y estrecha a su hija por la cintura—. Te la devuelvo enseguida —dice a Paolo, que sonríe.

—¡Rápido, Paolo! ¡Ayúdame, dame un consejo!

—¿Qué ha pasado, Vincè?

—¡Carmela me está esperando! Le he dicho que le iba a leer la mano para crear un poco de contacto. ¿Ya sabes de lo que hablo, no?

—¿Y bien?

—Recuérdame cuál es la línea de la vida.

—Vincè, creo que es mejor que te olvides de la línea de la vida; vete directamente a la del amor.

48

*P*aolo y Valeria pasean por la arena húmeda a la orilla del mar. La luna está llena y muy próxima. El agua de plata recuerda al papel de regalo de Navidad.

—Tu padre me ha preguntado por lo nuestro.

—¿Y tú qué le has dicho?

—Nada, he seguido el juego.

—Has hecho bien. Espero que no sea un problema para ti.

A lo lejos, Peppino di Capri se prepara para el gran final con *Champagne*.

—¡Desde luego Peppino quiere matar a estos viejos a golpe de nostalgia! —Paolo se detiene—. ¿Nos damos un toque de vida y nos concedemos esta lenta?

Valeria se ríe y le echa los brazos al cuello. Paolo la abraza por la cintura y empiezan a bailar despacio cerca de la orilla. «*Champagne* para brindar por un encuentro...»

—Oye, ¿y cuánto tiempo quieres seguir con esa mentira?

—Mi padre ahora es feliz así. Cree que tengo novio y yo se lo dejo creer.

—Pero ¿y un novio auténtico?

—Por ahora no hay ninguno.

Paolo y Valeria se mueven lentamente entre las finas siluetas de las sombrillas cerradas.

—¿Y... desde cuándo? —sonríe él.

—No lo intentes. Ya te lo dije, no te lo voy a decir.

—¿Fue él el que te hizo daño?

—¿Quién?

—El último que tuviste, ese del que no quieres hablar.

Valeria echa la cabeza hacia atrás riendo.

—¡No, pobrecito! ¡Éramos pequeños!

—Me quieres decir que hace tantos años que…

Valeria se aparta con los ojos desorbitados.

—¡No! ¡Me lo has hecho decir! —Ríe y le da un puñetazo cariñoso en la barriga.

—Al final, no es tan difícil pillarte.

—No es verdad, te he mentido.

Paolo también se ríe.

—¡No! Me has dicho la verdad. No has tenido ninguna historia desde que eras pequeña.

Valeria le responde con una mueca de burla, él le estrecha de nuevo la cintura y se ponen a bailar otra vez.

—Pero ¿cómo es posible?

—Bueno, somos solo animales programados para responder a determinados estímulos. Basta conocer los trucos y no caes en la trampa.

—No creo que lo pienses en serio…, nena.

—No me llames «nena».

—Me lo has enseñado tú.

—Pues por eso precisamente.

Paolo la mira a los ojos, y en ellos ve caer un velo de dolor.

Se paran y él acerca la cara a su melena, inspira su olor. Permanecen así, inmóviles.

—Bueno. —Valeria da un paso atrás—. ¿Volvemos con los demás?

—Espera… —Paolo la retiene. Inspira y, en ese momento, suena el teléfono. En la pantalla aparece «Giorgia» intermitentemente. Busca la mirada de Valeria, que se aparta. Pulsa la tecla verde—. ¿Giorgia?

—Hola, Paolo. ¿Dónde estás? —pregunta ella al otro lado, con voz frágil.

—Estoy en Ischia…, por trabajo.

—La otra noche me marché así…

—Sí…

—Creo que tienes razón, Paolo. Podemos volverlo a intentar.

—Ah… ¿Y Alfonso?

—He cortado con Alfonso. He descubierto que estaba también con otras. ¿Cuándo vuelves?

—Mañana por la mañana.

—Iré a buscarte al puerto, tengo ganas de verte.

—De acuerdo.

—¿Paolo?

—Sí.

—Te echo de menos.

Paolo duda.

—Yo a ti también.

Cuando cuelga, Valeria es solo una sombra lejana. Paolo se deja caer en la arena mojada y Peppino di Capri empieza a cantar *Incredible voglia di te*, increíbles ganas de ti.

—Joder, Peppino, ¡parece que lo haces a propósito!

49

*P*aolo se baja de un *ape car*, paga al conductor y corre a pie hasta el embarcadero. Vincenzo va a su encuentro empujando su silla de ruedas.

Cerca de allí, dos enfermeros y un médico que prestan servicio nocturno cargan la camilla en una hidroambulancia.

—¿Qué ha pasado? —pregunta Paolo, alarmado

—Carmela se ha puesto mala. —Vincenzo tiene el rostro tenso.

—¿Qué le ha ocurrido?

—Una subida de tensión. Yo lo sabía, ese pastillero era defectuoso. ¡Que me parta un rayo! Lo compré en un chino del paseo marítimo de Pozzuoli.

—Pero ¿qué sois, niños? ¿Dónde está Valeria?

—Se ha ido con ellos, por si podía ayudar.

Paolo corre hasta la ambulancia, que justo en ese momento pone las sirenas con las luces y sale a toda velocidad. Valeria va sentada detrás con Luisa, junto al médico. Paolo le hace un gesto con la mano, ella no responde y la lancha se la lleva lejos rápidamente. Pocos segundos después, la noche la engulle, más allá de las luces rojas y verdes que delimitan el puerto volcánico.

—¿A qué hora sale el próximo barco para Nápoles? —pregunta a Vincenzo.

—Mañana, a las siete menos cuarto.

Paolo se da media vuelta y, sin saber qué hacer, se aleja dubitativo.

—Paolo, ¿es que piensas dejarme aquí? —le grita Vincenzo desde el embarcadero.

Paolo vuelve atrás, le empuja hasta la calle y paran un taxi.

En el balconcito que se asoma a la bahía, Paolo se pone a mirar el mar y se queda así hasta el amanecer; no puede dormir. Saca el portátil de la bolsa, lo coloca en la mesita de hierro y empieza a teclear con fuerza:

Ya sé, amigos míos, que estáis ansiosos y no veis la hora de leer este nuevo artículo. Os sentís ávidos de aprender nuevas técnicas, nuevos juegos, nuevos métodos para atraer y seducir a las mujeres. Pero hoy quiero hablaros de otra cosa. ¡El viaje!…

Cuando el sol está ya alto, Paolo entra en la habitación y prepara la maleta.

Coge un taxi hasta el puerto y se embarca en el Caremar de las seis cuarenta y cinco. Junto a él hay solo unos cuantos pasajeros. El barco cierra el portón de hierro y parte. Paolo sube a cubierta y observa la tierra firme, que se aleja. Le recuerda el rostro de Valeria, que solo unas pocas horas antes desapareció en la noche. Se siente inquieto. Hay algo dentro de él que no le deja en paz, algo que no logra identificar.

… Antes de emprender un viaje, sabemos ya adónde queremos llegar. Cual será nuestra meta. Calculamos el tiempo del recorrido y prevemos incluso las paradas tratando de respetar nuestro plan de marcha.

El viaje podemos hacerlo en coche, en avión, a pie o en un barco. No importa. Lo que sabemos es adónde queremos llegar, nuestro objetivo…

Paolo coge el teléfono y pasa la agenda: «Gabriella, Gaia, Giada, Giorgia».

… Hemos entrado en el juego, nos hemos transformado, hemos trabajado sobre nosotros, nos hemos atrevido con nosotros mismos y, a menudo, hemos rozado el ridículo. Y todo esto lo hemos hecho por nuestro objetivo, por ellas: las mujeres. Unos lo han hecho por más de una. Otros por todas. Alguno lo ha hecho por una sola, esa mujer...

Escribe el mensaje: «Llego a las ocho». Lo envía. El sobrecito en la pantalla le informa de que el mensaje ya navega por el éter.

50

$\mathcal{A}$ las ocho y cinco minutos, el transbordador inicia las maniobras de atraque. Los marineros lanzan desde popa las maromas rojas que se anudan de inmediato en los bolardos de hierro. El portón se abate con un ruido ensordecedor.

Paolo baja con su bolsa en bandolera, mira a su alrededor y ve el Nissan Micra rojo de Giorgia. Ella baja del coche y le espera afuera.

—Hola —le echa los brazos al cuello—. Qué bien que ya estás aquí.

Paolo deja la bolsa en el suelo.

Ella le besa con pasión, él responde primero con timidez, luego la abraza y le devuelve el beso, apasionado.

Giorgia se aparta y le mira a los ojos.

—Vamos a casa.

Paolo asiente y se suben al coche.

—Claro que tenemos que considerar Ischia para las vacaciones, Portocervo está ya muy visto y se ha vuelto vulgar. —Giorgia conduce a velocidad sostenida, evita por poco a un peatón en un paso de cebra y, al dar el volantazo, está a punto de chocar de frente con un coche que va por el carril contrario.

—¡Me cago en ti y en todos tus muertos! —le grita el conductor del otro coche mientras, frenético, toca sin parar el claxon.

Paolo se agarra al asidero de la puerta y se sujeta con fuerza.

—Este año, Renato Bellavia y su mujer irán a Ischia. Además, resulta muy cómodo, fácil de llegar. Tenemos que empezar a informarnos para alquilar una villa.

Con un par de maniobras decididas y haciéndose sitio al empujar el parachoques posterior de un viejo Twingo y el anterior de un Panda, Giorgia aparca justo debajo de casa.

—¿Me ayudas con el equipaje?

—Claro.

Paolo coge del maletero dos grandes bolsas.

—Hay otra también en el asiento de atrás.

Giorgia le abre la puerta y Paolo se pone bajo el brazo otra gran bolsa de viaje, luego atraviesa la calle como puede y entra en el portal que ella mantiene abierto amablemente.

162

Paolo deja caer las maletas en el suelo del dormitorio, Giorgia coge una y la apoya en la cama.

—Amor…, no… —Paolo palidece.

—¿Qué…? —Giorgia abre la cremallera y saca de la bolsa un par de jerséis.

—No… he quitado todavía mis cosas. Te hago sitio en el armario, he puesto la ropa nueva. —Abre la puerta y empieza a liberar espacio.

—Ahora tenemos que volver al curso prematrimonial, quién sabe lo que pensará el pobre don Antonio. —Saca de la bolsa una camisa y la pone en una percha—. Yo no descartaría la idea de casarnos en Navidades.

—Ya.

Giorgia se para. Él está mirándola, inmóvil; ella le mira y se le acerca, lentamente.

—Eh… —le susurra pasándole una mano entre el cabello—, te he echado de menos. —Le da un piquito en los labios—. Me faltaba tu olor —dice, y le olisquea despacio detrás de la oreja—. Mi tontorrón… —Le abraza.

Paolo corresponde con poca energía.

—Paolo, echaba de menos nuestra casa… Ahora volveremos a ponerlo todo en su sitio, todo volverá a ser como antes. —Giorgia le estrecha aún más y se frota contra él.

Paolo asiente.

—Empecemos enseguida.

Paolo se deja abrazar y echa la cabeza atrás, pero Giorgia se aparta de repente, le coge la mano y le arrastra fuera de la habitación.

—¡Ven!

51

—¡*E*ste es estupendo!

Giorgia, sentada en un sofá hexagonal rojo, prueba su consistencia saltando sobre sus posaderas en el tapizado.

—Señora, la felicito por su excelente elección.

El joven dependiente de la tienda de diseño, embutido en un par de pantalones oscuros y una camisa blanca, le enseña un catálogo de telas.

—Este es el último Cappellini hexagonal, lo podemos tener en todas estas tonalidades. Si me permite, yo le sugeriría este azul, que es nuevo también por el tejido.

—Pues, no sé. Mi amiga Nora se ha comprado un sofá rojo y tengo que decir que el parqué oscuro lo resalta muchísimo. ¡Sí, quiero exactamente este rojo!

—Muy bien, señora. El rojo se lo puedo entregar mañana mismo.

—Perfecto, Paolo. Ahora tenemos que librarnos de ese absurdo sofá que has puesto en el salón.

Paolo está de pie frente a Georgia y al dependiente tapándose los oídos con los índices.

—Pero, Paolo, ¿qué haces, te has vuelto loco?

Él se quita las manos de los oídos lentamente y los ruidos del centro comercial vuelven con violencia.

—Ahora veo, Giorgia.

Paolo tiene la cara relajada. Se siente bien, quizá mejor de lo que haya podido sentirse nunca antes. Ella no lo entiende.

—¿Qué significa que ahora ves?

—He quitado el audio, ¿comprendes? Ahora, por fin, veo.

—¿Y con eso qué quieres decir, Paolo?

—Veo que has comprado un sofá sin ni siquiera preguntarme si me gusta.

—¡Pero, amor, es un Cappellini!

—Perdone, señor, ¿quizá no le convence el color? —intenta intervenir el dependiente.

—¡No es el color! Es que tengo la casa llena de estas cosas absurdas, la silla de Gio Tirotto, la lámpara Philippe Starck...

—No, tesoro, la lámpara es Fabien Bumas.

—Ah, es verdad, ¡pero me cago en ella lo mismo! Cuando vivíamos juntos me llenabas la casa de estos objetos y yo pensaba que era algo maravilloso. Pensaba que estar contigo me proporcionaba un gusto que yo no tenía. ¿Te das cuenta? Yo pensaba que tenías buen gusto.

—Amor, pero ¿qué dices?

—Sí, estaba convencido de que tenías buen gusto. —Se ríe, seguro de mí mismo.

—Es que tengo buen gusto.

—Es verdad, la señora tiene buen gusto —interviene el dependiente humildemente.

—¡¡Cállate!! —Paolo le grita—. Si tuvieras buen gusto —prosigue—, no pedirías de forma constante al señor Cappellini o Bumas, o a quién coño quieras, que elijan por ti. Estás obsesionada con el gusto de los demás, con las marcas, con las modas, con lo que hacen o dejan de hacer tus amigos. Y además, ¡una mujer que se acuesta con Alfonso solo puede tener un gusto de mierda!

Paolo inspira con satisfacción. Giorgia se queda con la boca abierta y el dependiente emite un maullido de desaprobación.

Ella se levanta. Paolo está a punto de salir de la tienda.

—Paolo, espera; ¿quieres decir que me dejas?

Él se da la vuelta y las puertas vuelven a abrirse en su cara.

—Nos habíamos dejado ya, Giorgia; tú estabas con otro —le dice con suavidad—. Ah, y que sepas que sigo usando la tirita para dormir. —Se da la vuelta otra vez y, con una sonrisa en los labios, abandona el centro comercial.

52

... Pero lo sorprendente de los viajes es que puedes darte cuenta de que a lo largo del recorrido hay otras salidas, otras carreteras que no habías tomado en consideración ni mínimamente. Y es ahí, quizá, cuando al fin ves los otros caminos, cuando tendrías que tener el valor de poner el intermitente y girar...

*P*aolo para un taxi.
—Plaza San Luigi.

... Alguien me ha dicho que, en el fondo, seducir a las mujeres es eso. Improvisar. Dejarse ir sin juicio. Es coger caminos no previstos.

Empiezas con tu historia de acercamiento, lanzas tu dardo con vitriolo y así comienza tu viaje, que no sabes adónde te llevará...

Al pasar frente a la sede de *Il Mattino*, Paolo ve a Ciro con una voluminosa maleta.
—Pare un momento.
El taxista se detiene junto a la acera.
—¡Ciro! —Paolo abre la puerta del coche.
Ciro se da la vuelta, enfoca y se sube a la cabeza las extravagantes gafas de sol Dolce & Gabbana.
—¡Paolo! Te he estado llamando, pero no me has contestado.
—He estado liado. ¿Adónde vas?
—Parece que no lo sabes. ¡A Capri Hollywood!
Paolo sonríe. Ciro le mira a los ojos.

—Has sido tú, ¿verdad? ¿Convenciste a Elena Di Vaio?

—Hablé un momento con ella, nada más.

—Es decir…

—Simplemente le dije que es una grandísima zorra y que, si no te daba esta oportunidad, le iba a enseñar a su marido la notita que me puso en la mano aquella tarde en la playa.

—¿Y ella?

—Se excitó aún más. Ahora tengo que irme.

Paolo cierra la puerta y se asoma por la ventanilla.

—¿Y qué hago con Britney si no me concede la entrevista?

—Recuerda las reglas, Ciro.

—¿Del buen periodista?

—No, historia de acercamiento, dardo ácido, contacto…, y consigues lo que quieras.

Ciro sonríe y el taxi arranca, veloz.

53

… Pero el viaje auténtico es solo el que hacemos dentro de nosotros mismos…

*P*aolo está sentado en el capó de un coche aparcado junto al portón verde. Como cada vez que está allí no puede evitar mirar la pared de toba por encima de su cabeza y recorrer mentalmente todo el vuelo que hizo hasta el techo de aquel Smart Cabrio.

Valeria aparece a su espalda.

—Hombre… —dice con suavidad, y esboza una sonrisa algo forzada.

—¿Cómo está Carmela?

—Ya está mejor. La han tenido en observación, pero mañana ya podrá salir.

—Te fuiste de esa manera.

—Era una situación de emergencia.

—No digo de la isla, sino de la playa.

—Ya tienes mucho nivel, Paolo; podrías dar clases en mis cursos. Podrás tener todas las mujeres que quieras. —Saca las llaves del bolso.

—He dejado a Giorgia.

Por un momento, Valeria no sabe qué decir.

—Es una pena, después de todo lo que te ha costado. —Mete la llave en la cerradura del portal.

Paolo la detiene.

—Valeria…, si Giorgia no me hubiera llamado, ¿qué habría pasado entre nosotros anoche, en la playa?

Valeria gira la llave y el portón verde se abre.

—Solo respuestas a estímulos biológicos. Estamos programados para eso. —Empuja con fuerza la puerta de madera, que vuelve a cerrarse a sus espaldas con un ruido sordo.

—Entiendo.

Paolo se da la vuelta y se encuentra de cara a Angelica, la ayudante de Valeria, que le mira, seria.

—No hay nada que haga más daño que un amor imposible. —Abre los brazos y le estrecha con fuerza contra su pecho—. A la mujer de la que yo estoy enamorada le gusta el pajarito. —Sollozando, le estrecha con más fuerza aún.

54

Sentado en el murito del puente que une Castel Dell'Ovo con el barrio marinero, Paolo está mirando la colina de Posillipo, plagada de lucecitas; en la mano, una botella de Tuborg y un *tarallo* con almendras, aún caliente.

> … Y así me despido, con este último artículo y con esta nueva conciencia…

Valeria, iluminada únicamente por la luz de la luna, está sentada en una silla en el centro del estrado en el aula vacía.

> … Si a lo largo del camino sientes que el objetivo que te habías fijado ya no es importante, entonces, échale huevos, pon el intermitente y gira…

Un sol radiante entra por la ventana del dormitorio. Paolo apoya la maleta en el puf que hay junto a la cómoda y empieza a llenarla de ropa.

> … y no importa si no alcanzas nunca tu nueva meta, porque lo que cuenta de verdad es que has iniciado un nuevo camino.
> Con profundo cariño para todos.
> VUESTRO PAOLO

Ha empezado un curso nuevo. Valeria imparte su lección a una clase llena. Con letras grandes, escribe en la pizarra: «ATRACCIÓN».

Ah, me olvidaba, ¿sabéis cómo se sabe que una mujer es la mujer de tu vida? Cuando sientes que sin ella estarías muerto.

Paolo corre la cremallera de la maleta, sale de la habitación y cierra la puerta a su espalda.

Siente un nudo en la garganta mientras sube el tramo de escaleras. Llama al timbre, el habitual sonido de apertura, entra y descubre que, extrañamente, Danila no está en su sitio. Atraviesa el largo pasillo con pasos cortos, los despachos están vacíos. Se para frente a la puerta de Enrico y llama, no obtiene respuesta, entonces baja el picaporte y entra.

—¡Sorpreeesa!

El despacho de Enrico está adornado con tiras festivas y globos. Un tapón de corcho vuela hasta el techo. Paolo da un paso atrás, sorprendido.

—¡¡Hemos ganado al *Mattino*, cielo mío!! ¡¡¡Hemos llegado a los cien mil ejemplares vendidos!!! —Enrico le salta al cuello con grititos de excitación.

Fabian y Danila le abrazan. También los otros tres redactores le dan palmadas en la espalda.

—¿Qué tal en Ischia, tesoro mío? —le pregunta Enrico.

—Bien —responde Paolo con una media sonrisa, luego saca un folio de la bolsa y lo pone sobre la mesa—. Este es… mi último artículo.

—¿Qué significa último, Paolo? —Enrico se sobresalta.

—Que ha llegado el momento de hacer lo que de verdad sé hacer, o sea, escribir sobre economía.

—Pero no puedes irte, amor mío. Si quieres abrimos una sección de economía. Podemos hablar de grandes empresas, Dolce & Gabbana, Armani; hablamos de rebajas…

—No, Enrico, te lo agradezco, pero dentro de un par de horas cojo un avión para Milán. He recibido una oferta de *Il Sole 24 Ore*. Mañana por la mañana tengo una entrevista con el director y, si sale bien, trabajaré con ellos. —Le enseña la carta certificada.

Enrico se derrumba en el sillón.

—Si eso es lo que quieres, vida mía, entonces ve, pero has de saber que aquí siempre habrá un puesto para ti. —Coge un pañuelo del bolsillo y se seca las lágrimas bajo las gafas con la montura de carey.

Paolo se queda un momento de pie frente a la mesa.

—Gracias. —Luego hace un esfuerzo y se da la vuelta para marcharse.

—Paolo —le para Fabian—, te echaremos de menos —dice, y le abraza.

Paolo le da un par de palmadas en la espalda.

—Yo a ti también.

$\mathcal{V}$aleria aparca el Smart frente a la gran cancela de Villa Maria. Atraviesa el sendero lleno de glicinas, pasa por el vestíbulo y sale a la terraza.

—¡Valeria! ¿Hoy también vienes? —Gaetano está en su acostumbrada mesa.

—Hola, papá. —Coge una silla y se sienta junto a él—. Tenía ganas de verte. ¿Cómo estás?

—Yo estoy bien. ¿Has visto? Hoy ni siquiera he cogido la silla de ruedas. ¿Y tú?

Valeria aparta la mirada y ve a Vincenzo, que está solo, mirando el paisaje. Poco más allá, Carmela charla amorosamente con Pasquale, aspira el aroma de un ramo de rosas y le acaricia una mano.

Valeria vuelve a mirar al mar.

—¿Qué te pasa? —le pregunta Gaetano.

—Nada. —Esboza una sonrisa.

—¿Te has peleado con Paolo?

Ella no responde.

—Escúchame, Valè, yo no sé qué es lo que ha pasado, pero se ve que ese chico te quiere.

Valeria sigue mirando frente a sí.

—Así que no dejes que se te escape, o te pasará como a mí, que he sufrido por un amor toda mi vida.

—Tú nunca quisiste recuperar a mamá. Te dije un montón de veces lo que tendrías que haber hecho.

—Todos esos juegos no hubieran servido. Mamá y yo

no volvimos a estar juntos porque, sencillamente, no funcionaba.

Valeria le mira.

—Pero que entre tu madre y yo no funcionara no quiere decir que no pueda funcionar nunca.

Ella empieza a llorar y de nuevo desplaza la mirada hacia lo lejos.

—Y si, por lo que fuera, uno de los dos se tuviera que ir... Bueno, ya no eres una niña de doce años, aunque para mí seguirás siendo siempre mi chiquitina.

Gaetano le coge la barbilla entre los dedos y la obliga a volverse hacia él.

—Por eso, si ese chico te gusta y le quieres, vete a por él antes de que sea demasiado tarde. —Le da un cachete cariñoso en la cara.

Valeria le abraza con fuerza.

—Eres el mejor padre del mundo.

Valeria se seca las lágrimas y sonríe, le da un beso en la frente y sale corriendo.

Luisa llega empujando una silla de ruedas con una señora mayor.

—Os presento a Margherita, una nueva huésped de Villa Maria.

Margherita encoge sus luminosos ojos azules y saluda con una sonrisa.

Vincenzo se da la vuelta para mirarla.

—¡Qué espléndida dentadura!

56

Nápoles está paralizada por el tráfico. Valeria, en su Smart Cabrio, no deja de imprecar a los otros conductores, y adelanta a los coches metiéndose por donde puede.

Llega al 153 de la calle Mergellina, deja el auto delante del portal y sube los escalones de dos en dos. Llama al timbre y la puerta se abre.

Entra corriendo por el pasillo cubierto de moqueta buscando a Paolo por todos los despachos. Al final prueba también en el de Enrico.

—Valeria. —Enrico está sentado en su escritorio, frente a él Fabian tiene la camiseta levantada y la tableta contraída—. Fabian está trabajando en: «Abdominales perfectos en tres días». ¡Esta vez los de *Men's Health* no nos alcanzan!

—¿Dónde está Paolo? —pregunta ella a bocajarro.

—Pero cómo, cielo mío; ¿no lo sabes?

—¿El qué? —El corazón de Valeria empieza a latir con fuerza.

—Paolo se ha ido a Milán.

—¿Y cuando vuelve?

—No creo que vuelva, cariño. Ha ido a hacer una entrevista para *Il Sole 24 Ore* y creo que va a trabajar para ellos.

—Pero cómo... —Valeria se siente desvanecer, da un paso atrás y se apoya en la librería.

—Pensaba que te lo había dicho, cielo mío.

—Necesitaba hablar con él.

—¿Qué tenías que decirle que era tan urgente?

—Que le quiero.

—¡Ay, Virgen Santa! Amor mío, pero ¿por qué no se lo dijiste antes?

—Porque soy idiota.

—¡Rápido, hay que detenerle! Me ha dicho que se iba a las seis. —Mira el reloj—. Tenemos solo veinte minutos. ¡Ay, Dios, que no llegamos!

Valeria se levanta de repente y sale corriendo.

—¡¡Espera, cariño; nosotros también vamos!! —Enrico se levanta—. ¡Fabian, ¿a qué esperas?! ¡Vamos, esto no me lo pierdo!

Fabian se baja la camiseta y los dos corren tras ella.

Valeria conduce como una bala por la ciudad, saltándose todos los semáforos en rojo. Junto a ella, Enrico va sentado encima de Fabian; su cabeza sobresale casi totalmente por la capota abierta.

—Fabian, tú saca el pañuelo. Yo fingiré que me encuentro mal. —Enrico se tira sobre el pecho de Fabian, como desmayado.

Fabian saca un brazo fuera de la ventanilla, sacudiendo un pañuelo.

—¿Cuánto falta? —Valeria se desespera mirando el espejo retrovisor, la calle, de nuevo el espejo.

Fabian mira el reloj del salpicadero.

—¡Faltan siete minutos para las seis!

Cogen la circunvalación en plena hora punta.

—¡Vamos ya!

El coche que va delante no se mueve a la derecha.

Valeria toca ininterrumpidamente el claxon y grita a los que conducen despacio.

Enrico se recupera del coma.

—A ver, cielo mío. Antes de que nos matemos, llámale y dile al menos que te espere. Cogerá el siguiente vuelo.

Ella hurga con la mano derecha en el bolso que tiene en las piernas y coge el teléfono, pasa la agenda y encuentra: «Paolo De Martino». Un coche pita. Valeria levanta la mirada del teléfono, da un volantazo y el teléfono vuela y aterriza en la alfombrilla, debajo del asiento.

—¡Coño, he perdido el teléfono! —Valeria vuelve a entrar en la calzada y acelera—. ¡Coge el tuyo, Fabian!

Él se contorsiona tratando de pasar los brazos alrededor de Enrico, pero no logra alcanzar su bolsillo.

—¡No llego!

—Coge el mío del bolsillo del pantalón. —Enrico se pone de pie. El viento de la carretera le infla los carrillos—. ¿Lo encuentras? ¡Date prisa, que se me está estropeando el *restyling* y se me caen los tejidos!

Valeria adelanta a un camión que le toca el claxon.

—Espera. —Fabian rebusca en los bolsillos de Enrico.

—Si no nos matamos antes, nos van a arrestar por actos obscenos, tesoro mío. Date prisa.

—Aquí está, lo tengo. —Fabian busca rápidamente en la agenda—. ¿Cómo lo tienes guardado? No lo encuentro.

—Santo cielo, es verdad. Le llamaba siempre Danila desde la oficina.

Valeria se inclina para buscar el teléfono en la alfombrilla. El Smart da un bandazo y pasa a un centímetro del quitamiedos.

—¡Cuidado, Valeria!

Ella gira bruscamente y adelanta a otro coche, a un centímetro de su guardabarros.

—¡Aaaah! —gritan Enrico y Fabian, que se estrujan contra la puerta.

—¡Aquí está! —Valeria consigue cogerlo, repasa de nuevo la agenda y encuentra el número de Paolo. Al fin pulsa la tecla verde.

Mira la carretera y espera. Le responde la voz del operador: «El teléfono al que llama está apagado o fuera de cobertura».

Valeria da un golpe al volante con la palma de la mano.

—Noooo, ya lo ha apagado. Claro, con lo ansioso que es, lo habrá apagado antes de subir al avión, por miedo a olvidarse luego.

El Smart Cabrio llega a toda velocidad frente a la puerta de las salidas de vuelos nacionales. Valeria echa el freno de mano y baja. Antes de cerrar la puerta, un guardia llama su atención con un silbato.

179

—Señorita, no puede dejar ahí el coche.

—¡Por favor! —Ella le implora con las manos en oración.

—Es una emergencia, tenga paciencia. —Enrico baja del coche.

—¡No puedo tener ninguna paciencia, señor! —El guardia se mantiene firme—. ¡Aquí no se puede dejar el coche!

—Ya aparco yo. —Fabian se pone en el asiento del conductor.

—¡Pero ¿cuántos van en ese coche!?

Valeria echa a correr hacia la entrada y choca con las puertas de cristal en plena cara. Cae hacia atrás como un palo de madera.

—¡Virgen santa! Pero, cielo, ¿cómo quieres llegar frente a ese chico, como un pequinés?

Las puertas automáticas se abren, ella se levanta y entra. Enrico la sigue.

—Perdone, ¿el vuelo para Milán? —pregunta a una azafata.

—Puerta A7, pero está a punto de salir.

Valeria sale disparada hacia la puerta.

—Perdone, la tarjeta de embarque, por favor —dice la chica que está de guardia.

—Mire, no tengo tarjeta de embarque, pero es que se trata de una emergencia.

—Lo siento, sin tarjeta de embarque no puede pasar.

—Pero le prometo que no voy a viajar. Solo tengo que ver a una persona antes de que se suba al avión.

—Lo siento, señora, no se puede entrar sin tarjeta.

—Escuche, querida, déjela entrar; es un asunto del corazón. Tiene que decir a un joven que le ama antes de que se vaya para siempre —interviene Enrico.

La azafata cambia de expresión.

—¿Y adónde va ese joven?

—A Milán, puerta A7 —dice Valeria con voz suplicante.

—¿No será un tipo alto, guapo, muy simpático y que lleva un collar de mujer?

—¡Sííí! —responde Valeria saltando como una niña.

—Entren —y se aparta—, pero como se les ocurra pasar de la puerta les hago arrestar.

Valeria y Enrico vuelan adentro.

—Para una vez que pasa uno que está bien, ya está cogido —se lamenta la chica de uniforme, que vuelve al control de pasajeros.

181

58

—Señorita, hoy también tenemos *overbuk*, ¿verdad?

—El señor de siempre está frente a la azafata con el papel del *check-in on line* en la mano.

—Sí, lo siento, pero… —empieza a explicarse la chica vestida de verde Alitalia.

—Entonces, si me lo permite, yo me iría marchando al hotel. Hoy quiero cenar pronto.

—Perdón. —Paolo entrega el billete y el documento a la azafata.

—Adelante, señor —dice ella con una sonrisa.

Él pasa la puerta arrastrando su maleta y las puertas automáticas se cierran a su espalda.

—¡¡Paolo!! —Valeria le llama desde el fondo de la sala, pero él no puede oírla y continúa hacia la pasarela.

En ese momento, aparece Enrico, justo al lado de Valeria.

—¡Paolo!

Ella corre hacia la salida, pero la azafata le bloquea el paso.

—Señora, sin la tarjeta de embarque está absolutamente prohibido pasar.

—¿Y dónde puedo sacarla?

—Allí. —Le indica un mostrador de la compañía—. Pero tiene que darse mucha prisa, queda poquísimo tiempo.

Valeria corre hacia el mostrador y se cuela sonriendo por delante de dos personas que hacen cola.

—Perdónenme, es una emergencia.

—Dígame —dice la señora de la venta de billetes.

—Un billete para el primer vuelo a Milán. —Valeria le entrega el documento de identidad, luego se mete las manos en los bolsillos de los vaqueros y levanta los ojos al cielo—. ¡¡No, Dios mío!! ¡Me he dejado el bolso en el coche y no tengo dinero!

—¡¡Toma, usa mi tarjeta!! —Enrico llega en ese momento y, jadeando, se la pasa.

—Un billete para Milán —pide Valeria rápidamente.

—¿Uno? —la interrumpe Enrico—. ¡Tres, cielo! No creerás que vamos a perdernos la escena final.

Llega también Fabian.

—Dame tu documento, tesoro. Date prisa.

—Tres billetes para Milán. Rápido, por favor. —Valeria da saltitos de impaciencia.

—Si los compra ahora, paga la tarifa total. Son mil trescientos cuarenta y ocho euros.

—¡¡Pásela, pásela!! —le grita Enrico—. ¡Hemos vendido cien mil ejemplares! ¡Qué me importan mil cuatrocientos euros!

La chica del mostrador imprime los billetes. Valeria se los arranca de las manos y sale a la carrera junto a Enrico y Fabian hacia el túnel que lleva al avión.

—Señorita, permítame ver la tarjeta para indicarle su sitio. —Un sobrecargo, joven y de buen aspecto, le coge los billetes de las manos.

—¡Paolo! ¡Paolo! —Valeria no le escucha y busca a Paolo entre los pasajeros.

—Señorita, su asiento y el de los caballeros están al fondo. ¿Busca a alguien?

—Sí, a Paolo De Martino.

—Perdona, ¿a quién? —El sobrecargo arruga la frente.

—Paolo De Martino, un hombre… No puede ser, acaba de entrar en el vuelo para Milán…

—Mire, señorita, todos los pasajeros están aquí. Pero ¿está segura de que está en este vuelo?

—¿Por qué? ¿Es que hay más?

—Sí, ese. Sale justo antes que nosotros —le dice, señalando por la ventanilla el avión de al lado.

—¡Ay, Virgen santa, amor, nos hemos equivocado de avión! —Enrico se da con la mano en la frente.

—Déjenos bajar, rápido. —Valeria trata de abrirse paso por el estrecho pasillo.

—No puede ser, las puertas ya están cerradas. Les ruego que se acomoden. Tenemos que prepararnos para el despegue. —El sobrecargo trata de pararles usando el brazo como barrera.

—Pero ¿no lo comprende? ¡Tenemos que bajar! —Valeria le suplica con las manos en un gesto de súplica.

—Es totalmente imposible, lo siento.

—Sea bueno, ¿no ve en qué condiciones se encuentra esta niña? Es un asunto del corazón. —Enrico le pone una mano en el hombro.

—Lo siento, señor, tenemos que prepararnos para el despegue. Ahora tienen que sentarse los tres. —Se gira para mirar a Fabian; apenas le ve, el sobrecargo se sobresalta, se ruboriza y parpadea—. Pero tú... —Se pone una mano en la boca ahogando la voz por la emoción—. No me lo puedo creer, ¡¡tú eres... Fabian!!

Fabian asiente con la cabeza, pero permanece serio.

—¡Pero tú eres un mito! ¡Mira! —Se saca la camisa fuera del pantalón y le muestra su tableta, bien definida—. ¡En solo tres días!

Valeria, Enrico y Fabian corren a lo largo de la pasarela. Sus pasos resuenan en el pequeño pasillo que lleva al avión.

—¡Espere! —grita Valeria ante la puerta que está a punto de cerrarse.

Un sobrecargo de pelo canoso se detiene y les estudia a través del pequeño espacio dejado por la puerta entreabierta.

—Lo siento, señores. El vuelo está cerrado. No pueden subir a bordo.

Enrico se adelanta y señala a Fabian.

—Pero ¿usted sabe quién es él?

El sobrecargo abre la puerta para poder mirar.

—La verdad es que no, señor.

Enrico le levanta la camisa, le mira la barriga y resopla.

—¡¡Qué vergüenza!! —Le aparta a un lado, para entrar al avión junto a Valeria y Fabian.

El sobrecargo, atónito, se queda mirándose la barriga, con los michelines fuera.

Valeria se para al principio del pasillo y escruta a los pasajeros. Es imposible distinguir a Paolo entre todas las caras curiosas que la miran fijamente.

—¡¿Paolo?! —Valeria grita hacia la cabina, como si estuviera llamando a un perrito en el parque.

Todos los pasajeros se miran entre sí, pero nadie se levanta.

Valeria mira fila por fila, pero no consigue verle. Se oye un murmullo entre los pasajeros y el nombre de Paolo suena varias veces.

Hasta que desde el fondo, incrédulo, Paolo se levanta de su asiento y lentamente se dirige a ella. Valeria va a su encuentro y coinciden frente a la salida de emergencia.

—Paolo, pensaba que no volvería a verte nunca más y me sentía...

Paolo coge sus manos.

—¿Morir?

—Sí. —Baja la mirada mientras siente que los ojos se le llenan de lágrimas. Sacude la cabeza y trata de mirar por la ventanilla. A su alrededor, todos los pasajeros la están mirando, pero nadie dice una palabra.

Él le coge la cabeza entre las manos y la besa. Toda la gente cuchichea, admirada. Paolo la abraza sonriendo. Aspira profundamente su olor, como si quisiera llevarse un poco consigo.

—Cielo, hay cosas que yo no puedo ver. Me desgarran. —Enrico abraza con fuerza a Fabian.

Valeria estrecha las manos de Paolo y le mira, seria.

—Paolo, no puedes irte a Milán —le dice.

Él la aleja ligeramente, la estudia un instante; luego se quita el collar indio de plata oscura y lo pone en su cuello. La perla negra entona a la perfección con el color de piel de Valeria.

—Este es un collar especial para personas especiales. Cuando regrese, me lo tendrás que devolver.

Valeria se ríe entre lágrimas y asiente.

—¿Volverás?

—Claro. Mañana estaré aquí de nuevo.

Ella le mira con la boca abierta.

—Pero ¿cómo, no te ibas a vivir a Milán?

—No, tengo que ir solo a hacer una entrevista. *Il Sole 24 Ore* quiere abrir una pequeña agencia en Nápoles y, si la cosa sale bien, yo mismo la dirigiré.

Valeria le besa.

—Entonces vengo a recogerte mañana.

—Cuento con ello, porque, aunque ahora ya sea un artista del ligue, tengo que decirte algo: alimento un profundo interés sexual en relación contigo —dice, antes de guiñarle un ojo.

186

59

*E*n un despacho sin lujos pero refinado de la sede de Milán de *Il Sole 24 Ore*, Paolo, con su traje azul, camisa un poco abierta y el pelo ligeramente despeinado, mantiene una entrevista con la directora: una elegante señora de unos cuarenta y cinco años que viste un oscuro traje de chaqueta de Armani.

—Bien, señor De Martino. Hemos evaluado sus credenciales y nos ha parecido la persona más adecuada…

Paolo está sentado, apoyado cómodamente en el respaldo del sillón.

—… Pero, por supuesto, necesitaba conocerle también en persona.

Paolo sigue mirándola sin inmutarse.

—Ahora me reuniré con los otros directivos. Pronto le diremos algo —continúa ella.

Paolo le sonríe.

—Por supuesto, tómense todo el tiempo que necesiten. —Cruza las piernas—. Naturalmente, yo haré lo mismo.

Ella se queda pasmada.

—Ah. Está bien.

Paolo se levanta del sillón y le estrecha la mano, luego se detiene, curioso. Le da la vuelta a la mano y le mira los dedos.

—¿Estas uñas son reconstruidas?

La directora se pone rígida.

—No, son las mías.

—Enhorabuena, son bellísimas…

Ella se pasa una mano por el cabello y se ruboriza.

60

*E*l avión toca el suelo de Nápoles. Paolo baja la escalerilla, entra en el autobús y llega rápido a la salida.

Frente a las puertas automáticas mira a su alrededor buscando a Valeria. No la ve. Luego oye un claxon y se gira hacia un Smart Cabrio.

—¡Hola! ¿Qué tal te ha ido? —le pregunta ella desde la ventanilla abierta.

Paolo se acerca y sube al coche sonriendo.

—Acaba de llamarme el director. ¡Contratado!

También Valeria sonríe y se inclina hacia él para besarle.

—No sabía que tenías un Smart. —Paolo estudia el habitáculo.

—Lo tenía en el taller. Ha estado allí un montón de tiempo, pobre Smartino. Un loco se tiró desde Miranapoli y me lo destrozó —dice, y acaricia el volante.

Paolo siente que la sangre se le congela en las venas.

—Vaya, pobre hombre… —Sonríe con los dientes apretados—. Para llegar a hacer una cosa así tuvo que sentirse verdaderamente desgraciado. —Vuelve la cabeza hacia la ventanilla tratando de esconder las mejillas enrojecidas.

En ese momento, un taxi blanco se coloca al lado del pequeño coche.

—¡Paolo! —Se abre la puerta de delante y Ciro asoma por el techo del coche.

—¡Hombre, Ciro! —La cara de Paolo se ilumina al ver a su amigo. Lleva una chaqueta de color azul eléctrico.

—Hola, Valè. Vosotros dos siempre trabajando, ¿eh? —Ella sonríe y se encoge de hombros. Ciro apoya las manos en la puerta de Paolo y lo mira con ojos brillantes—. Grandes cosas, Paolo. ¡¡Britney Spears me dio la exclusiva!! —Ciro se frota las manos.

—¡Grande! —Paolo le estrecha la mano con fuerza.

—Y me han contratado en el *Mattino* a jornada completa. —Se gira hacia el taxi y mira a Paolo de nuevo—. Ahora perdonadme. Me voy corriendo, que tengo un Nápoles-Londres y un Londres-Los Ángeles.

Paolo lo mira con los ojos desorbitados.

—¿Vas a Los Ángeles?

—Sí. —Ciro asiente, serio. Mira a Paolo y se echa a reír—. Me ha invitado Britney. Así me llevaré también a casa unas cuantas entrevistas con sus amigos. ¡Grandes negocios! ¡Caprara ya es historia!

Se abren las dos puertas posteriores del taxi. Paolo y Valeria vuelven la cabeza a la vez mientras ven bajar a dos chicas con minifalda vaquera y botas de piel negra.

—Vamos, chicas. Que perdemos el avión. ¡Adiós, chicos! Nos vemos a la vuelta.

Ciro se aleja abrazado a las dos chicas. Paolo sonríe y le saluda con la mano.

—¡Adiós, amigo mío!

Valeria arranca y parten hacia la ciudad.

Agradecimientos

A Gianluca Ansanelli; la trama de esta historia la ideamos juntos en el sofá azul, entre un café y otro.

A Gloria Bellicchi, mi primera lectora: sus carcajadas me animaban a seguir.

A Kylee Doust, por haber estado siempre ahí, desde el principio; mejor dicho, antes aún.

A Lara y Francesca y a todo el equipo de Piemme, por vuestra sensibilidad y por vuestro entusiasmo.

A Patricia, de Roca Editorial, que luchó por tenerme.

A todos los seductores, aquellos de los que he leído manuales e historias en libros y en foros, y aquellos que conocí en persona, que me permitieron seguirles y filmarles durante un año y medio y que me explicaron, me hicieron comprender, que detrás de todo esto hay solo chicos que quieren superar sus miedos, hombres que quieren solo la oportunidad de darse a conocer a una mujer sin la angustia de ser rechazados

Este libro utiliza el tipo Aldus, que toma su nombre
del vanguardista impresor del Renacimiento
italiano Aldus Manutius. Hermann Zapf
diseñó el tipo Aldus para la imprenta
Stempel en 1954, como una réplica
más ligera y elegante del
popular tipo
Palatino

***
**
*

Siete horas para enamorarte
se acabó de imprimir
en un día de primavera de 2013,
en los talleres gráficos de Liberdúplex, s.l.u.
Crta. BV-2249, km 7,4, Pol. Ind. Torrentfondo
Sant Llorenç d'Hortons (Barcelona)

***
**
*